Selected works
of Bingxin

冰心作品精选

冰心◎著

〈珍藏版〉

光明日报出版社

编想编说

BIAN XIANG BIAN SHUO

在我们这一代人心目中，冰心是以阿姨或者奶奶的形象出现的。所以，在设想这位长辈面貌的时候，亲切、和蔼是首先出现的词汇。这形象往往跟散文联系在一起，其实，冰心是以新诗而著名的。

冰心出生于20世初，23岁就出版了自己的两部代表性诗集《繁星》和《春水》，这两部诗集面貌一致、情感相当，互为姐妹。《繁星》和《春水》几乎是新文化运动时期最为成功的两部诗集，在这两本书出版后，冰心已经开始形成自己的风格，并且开启了她自信、高产、命途多惊喜的写作生涯。冰心的写作历程，显示了中国现当代文学发展的伟大轨迹。她开创了多种"冰心体"的文学样式，进行了文学现代化的扎扎实实的实践。

冰心信奉"有了爱就有了一切"。她的一生言行，她的全部几百万的文字，都在说明她对祖国、对人民无比的爱和对人类未来的充沛信心。她喜爱中华民族和全人类经过历史积淀下来的一切优秀文化成果。她热爱生活，热爱美好的事物，喜爱玫瑰花的神采和风骨。她用纯真、善良、刚毅、勇敢和正直在书写着她"爱的哲学"。

一代代的青年读到冰心的书，懂得了爱：爱星星、爱大海、爱祖国，爱一切美好的事物。我们也希望年轻人都读一点冰心的书，都有一颗真诚的爱心。

目录
Contents

诗歌

繁星 / 3

春水 / 60

迎神曲 / 123

送神曲 / 124

一朵白蔷薇 / 125

冰神 / 126

诗的女神 / 127

假如我是个作家 / 128

纪事 / 130

纸船 / 131

乡愁 / 132

散文

往事（一）（节选）/ 137

寄小读者（节选）/ 143

我的童年 / 212

我的母亲 / 217

我的教师 / 222

我的奶娘 / 226

我的同学 / 231

山中杂记 / 235

梦 / 249

遥寄印度哲人泰戈尔 / 251

笑 / 252

小说

庄鸿的姊姊 / 257

一个兵丁 / 262

三儿 / 264

鱼儿 / 266

海上 / 269

爱的实现 / 272

剧后 / 276

冬儿姑娘 / 280

小桔灯 / 285

远来的和尚…… / 288

落价 / 291

诗　歌

繁　星

自　序

　　一九一九年的冬夜，和弟弟冰仲围炉读泰戈尔（R. Tagore）的《迷途之鸟》（Stray Birds），冰仲和我说："你不是常说有时思想太零碎了，不容易写成篇段么？其实也可以这样的收集起来。"从那时起，我有时就记下在一个小本子里。

　　一九二〇年的夏日，二弟冰叔从书堆里，又翻出这小本子来。他重新看了，又写了"繁星"两个字，在第一页上。

　　一九二一年的秋日，小弟弟冰季说，"姊姊！你这些小故事，也可以印在纸上么？"我就写下末一段，将它发表了。

　　是两年前零碎的思想，经过三个小孩子的鉴定。《繁星》的序言，就是这个。

冰　心

九，一，一九二一。

一

繁星闪烁着——
　　深蓝的太空，
　　何曾听得见他们对语？
沉默中，
　　微光里，
　　　他们深深的互相颂赞了。

二

童年呵！
是梦中的真，
　　是真中的梦，
　　是回忆时含泪的微笑。

三

万顷的颤动——
　　深黑的岛边，
　　　月儿上来了，
生之源，
　　死之所！

四

小弟弟呵!
我灵魂中三颗光明喜乐的星。
温柔的,
　无可言说的,
　　灵魂深处的孩子呵!

五

黑暗,
　怎样的描画呢?
心灵的深深处,
　宇宙的深深处,
　　灿烂光中的休息处。

六

镜子——
　对面照着,
反而觉得不自然,
　不如翻转过去好。

七

醒着的，
　　只有孤愤的人罢！
　听声声算命的锣儿，
　　敲破世人的命运。

八

残花缀在繁枝上；
鸟儿飞去了，
　撒得落红满地——
　　生命也是这般的一瞥么？

九

梦儿是最瞒不过的呵，
　清清楚楚的，
　　诚诚实实的，
　　　告诉了
你自己灵魂里的密意和隐忧。

一〇

嫩绿的芽儿,
　　和青年说:
"发展你自己!"

淡白的花儿,
　　和青年说:
"贡献你自己!"

深红的果儿,
　　和青年说:
"牺牲你自己!"

一一

无限的神秘,
　　何处寻它?
微笑之后,
　　言语之前,
　　　　便是无限的神秘了。

一二

人类呵！
相爱罢，
　　我们都是长行的旅客，
　　　　向着同一的归宿。

一三

一角的城墙，
　　蔚蓝的天，
　　　　极目的苍茫无际——
　　　　　　即此便是天上——人间。

一四

我们都是自然的婴儿，
　　卧在宇宙的摇篮里。

一五

小孩子！
你可以进我的园，

你不要摘我的花——
看玫瑰的刺儿,
　刺伤了你的手。

一六

青年人呵!
为着后来的回忆,
　小心着意的描你现在的图画。

一七

我的朋友!
为什么说我"默默"呢?
世间原有些作为,
　超乎语言文字以外。

一八

文学家呵!
着意的撒下你的种子去,
　随时随地要发现你的果实。

一九

我的心,
　　孤舟似的,
　　　穿过了起伏不定的时间的海。

二〇

幸福的花枝,
　　在命运的神的手里,
　　　寻觅着要付与完全的人。

二一

窗外的琴弦拨动了,
　　我的心呵!
怎只深深的绕在余音里?
是无限的树声,
　　是无限的月明。

二二

生离——
　　是朦胧的月日,
死别——
　　是憔悴的落花。

二三

心灵的灯,
　　在寂静中光明,
　　　　在热闹中熄灭。

二四

向日葵对那些未见过白莲的人,
　　承认他们是最好的朋友。
白莲出水了,
　　向日葵低下头了:
她亭亭的傲骨,
　　分别了自己。

二五

死呵！
起来颂扬它；
是沉默的终归，
　　是永远的安息。

二六

高峻的山巅，
　　深阔的海上——
是冰冷的心，
　　是热烈的泪；
可怜微小的人呵！

二七

诗人，
　　是世界幻想上最大的快乐，
　　也是事实中最深的失望。

二八

故乡的海波呵!
你那飞溅的浪花,
从前怎样一滴一滴的敲我的盘石,
　　现在也怎样一滴一滴的敲我的心弦。

二九

我的朋友,
　　对不住你;
　我所能付与的慰安,
　　只是严冷的微笑。

三〇

光阴难道就这般的过去么?
除却缥缈的思想之外,
　一事无成!

三一

文学家是最不情的——
　　人们的泪珠，
　　　　便是他的收成。

三二

玫瑰花的刺，
　　是攀摘的人的嗔恨，
　　是她自己的慰乐。

三三

母亲呵！
撇开你的忧愁，
　　容我沉酣在你的怀里。
　　　　只有你是我灵魂的安顿。

三四

创造新陆地的，
　不是那滚滚的波浪，
　　却是它底下细小的泥沙。

三五

万千的天使，
　要起来歌颂小孩子；
小孩子！
他细小的身躯里，
　含着伟大的灵魂。

三六

阳光穿进石隙里，
　和极小的刺果说：
"借我的力量伸出头来罢，
　解放了你幽囚的自己！"

树干儿穿出来了，
　坚固的盘石，
　　裂成两半了。

三七

艺术家呵!
你和世人,
　难道终久的隔着一重光明之雾?

三八

井栏上,
　听潺潺山下的河流——
　　料峭的天风,
　　　吹着头发;
天边——地上,
　一回头又添了几颗光明,
　　是星儿,
　　还是灯儿?

三九

梦初醒处,
　山下几叠的云衾里,
　　瞥见了光明的她。
朝阳呵!

临别的你，
　　已是堪怜，
　　　　怎似如今重见！

四〇

我的朋友！
你不要轻信我，
　　贻你以无限的烦恼，
　　　　我只是受思潮驱使的弱者呵！

四一

夜已深了，
　　我的心门要开着——
一个浮踪的旅客，
　　思想的神，
　　　　在不意中要临到了。

四二

云彩在天空中，
　　人在地面上——
思想被事实禁锢住，

便是一切苦痛的根源。

四三

真理,
 在婴儿的沉默中,
  不在聪明人的辩论里。

四四

自然呵!
请你容我只问一句话,
 一句郑重的话:
"我不曾错解了你么?"

四五

言论的花儿
 开的愈大,
行为的果子
 结得愈小。

四六

松枝上的蜡烛,
　　依旧照着罢!
反复的调儿,
　　弹再一阕罢!
等候着,
　　远别的弟弟,
　　　　从夜色里要到门前了。

四七

儿时的朋友:
海波呵,
　　山影呵,
　　　　灿烂的晚霞呵,
　　　　　　悲壮的喇叭呵;
我们如今是疏远了么?

四八

弱小的草呵!
骄傲些罢,
　　只有你普遍的装点了世界。

四九

零碎的诗句,
　　是学海中的一点浪花罢;
然而它们是光明闪烁的,
　　繁星般嵌在心灵的天空里。

五○

不恒的情绪,
　　要迎接它么?
它能涌出意外的思潮,
　　要创造神奇的文字。

五一

常人的批评和断定,
　　好像一群瞎子,
　　　　在云外推测着月明。

五二

轨道旁的花儿和石子!
只这一秒的时间里,
　我和你
　　是无限之生中的偶遇,
　　　也是无限之生中的永别;
再来时,
　万千同类中,
　　何处更寻你?

五三

我的心呵!
警醒着,
　不要卷在虚无的旋涡里!

五四

我的朋友!
起来罢,
　晨光来了,
　　要洗你的隔夜的灵魂。

五五

成功的花,
　　人们只惊慕她现时的明艳!
　　然而当初她的芽儿,
　　　浸透了奋斗的泪泉,
　　洒遍了牺牲的血雨。

五六

夜中的雨,
　　丝丝的织就了诗人的情绪。

五七

冷静的心,
　　在任何环境里,
　　都能建立了更深微的世界。

五八

不要羡慕小孩子,

他们的知识都在后头呢,
　　烦闷也已经隐隐的来了。

五九

谁信一个小"心"的呜咽。
　　颤动了世界?
然而它是灵魂海中的一滴。

六〇

轻云淡月的影里,
　　风吹树梢——
　　　　你要在那时创造你的人格。

六一

风呵!
不要吹灭我手中的蜡烛,
　　我的家远在这黑暗长途的尽处。

六二

最沉默的一刹那顷，
　是提笔之后，
　　下笔之前。

六三

指点我罢，
　我的朋友！
我是横海的燕子，
　要寻觅隔水的窝巢。

六四

聪明人！
要提防的是：
忧郁时的文字，
　愉快时的言语。

六五

造物者呵！
谁能追踪你的笔意呢？
百千万幅图画，
　　每晚窗外的落日。

六六

深林里的黄昏，
　　是第一次么？
又好似是几时经历过。

六七

渔娃！
可知道人羡慕你？
终身的生涯，
　　是在万顷柔波之上。

六八

诗人呵!
缄默罢;
写不出来的,
　是绝对的美。

六九

春天的早晨,
　怎样的可爱呢!
融洽的风,
　飘扬的衣袖,
　　静悄的心情。

七〇

空中的鸟!
何必和笼里的同伴争噪呢?
你自有你的天地。

七一

这些事——
　　是永不漫灭的回忆；
月明的园中，
　　藤萝的叶下，
　　　　母亲的膝上。

七二

西山呵！
别了！
我不忍离开你，
　　但我苦忆我的母亲。

七三

无聊的文字，
　　抛在炉里，
　　　　也化作无聊的火光。

七四

婴儿,
　是伟大的诗人,
　　在不完全的言语中,
　　吐出最完全的诗句。

七五

父亲呵!
出来坐在月明里,
　我要听你说你的海。

七六

月明之夜的梦呵!
远呢?
近呢?
但我们只这般不言语,
听——听
这微击心弦的声!
眼前光雾万重,

柔波如醉呵！
沉——沉。

七七

小盘石呵，
坚固些罢，
　　准备着前后相催的波浪！

七八

真正的同情，
　　在忧愁的时候，
　　　不在快乐的期间。

七九

早晨的波浪，
　　已经过去了；
晚来的潮水，
　　又是一般的声音。

八〇

母亲呵!
我的头发,
　披在你的膝上,
　　这就是你付与我的万缕柔丝。

八一

深夜!
请你容疲乏的我,
　放下笔来,
　　和你有少时寂静的接触。

八二

这问题很难回答呵,
　我的朋友!
什么可以点缀了你的生活?

八三

小弟弟!
你恼我么?
灯影下,
　我只管以无稽的故事,
　　　来骗取你,
绯红的笑颊,
　凝注的双眸。

八四

寂寞呵!
多少心灵的舟,
　在你软光中浮泛。

八五

父亲呵!
我愿意我的心,
　像你的佩刀,
　　这般的寒生秋水!

八六

月儿越近,
　影儿越浓,
　　生命也是这般的真实么?

八七

知识的海中,
　神秘的礁石上,
　　处处闪烁着怀疑的灯光呢。
感谢你指示我,
　生命的舟难行的路!

八八

冠冕?
　　是暂时的光辉,
　　　是永久的束缚。

八九

花儿低低的对看花的人说：
　"少顾念我罢，
　　我的朋友！
让我自己安静着，
　开放着，
　　　你们的爱
是我的烦扰。"

九〇

坐久了，
　推窗看海罢！
将无边感慨，
　都付与天际微波。

九一

命运！
难道聪明也抵抗不了你？
生——死
　都挟带着你的权威。

九二

朝露还串珠般呢！
去也——
　　风冷衣单
　　　　何曾入到烦乱的心？
朦胧里数着晓星，
　　怪驴儿太慢，
　　　　山道太长——
梦儿欺枉了我，
　　母亲何曾病了？
归来也——
　　辔儿缓了，
　　　　阳光正好，
　　　　　　野花如笑；
看朦胧晓色，
　　隐着山门。

九三

我的心呵！
是你驱使我呢，
　　还是我驱使你？

九四

我知道了,
　时间呵!
你正一分一分的,
　消磨我青年的光阴!

九五

人从枝上折下花儿来,
　供在瓶里——
　　到结果的时候,
　　　却对着空枝叹息。

九六

影儿落在水里,
　句儿落在心里,
　　都一般无痕迹。

九七

是真的么？
人的心只是一个琴匣，
　不住的唱着反复的音调！

九八

青年人！
信你自己罢！
只有你自己是真实的，
　也只有你能创造你自己。

九九

我们是生在海舟上的婴儿，
　不知道
先从何处来，
　要向何处去。

一〇〇

夜半——
　宇宙的睡梦正浓呢!
独醒的我,
　可是梦中的人物?

一〇一

弟弟呵!
似乎我不应勉强着憨嬉的你,
　来平分我孤寂的时间。

一〇二

小小的花,
　也想抬起头来,
　　感谢春光的爱——
然而深厚的恩慈,
　反使她终于沉默。
母亲呵!
你是那春光么?

一〇三

时间！
现在的我，
　　太对不住你么？
然而我所抛撒的是暂时的，
　　我所寻求的是永远的。

一〇四

窗外人说桂花开了，
　　总引起清绝的回忆；
一年一度，
　　中秋节的前三日。

一〇五

灯呵！
感谢你忽然灭了；
在不思索的挥写里，
　　替我匀出了思索的时间。

一〇六

老年人对小孩子说：
"流泪罢，
　　叹息罢，
　　　　世界多么无味呵！"
小孩子笑着说：
"饶恕我，
　　先生！
我不会设想我所未经过的事。"
小孩子对老年人说：
"笑罢，
　　跳罢，
　　　　世界多么有趣呵！"
老年人叹着说：
"原谅我，
　　孩子！
我不忍回忆我所已经过的事。"

一〇七

我的朋友！
珍重些罢，

不要把心灵中的珠儿，
　　抛在难起波澜的大海里。

一〇八

心是冷的，
　　泪是热的；
　心——凝固了世界，
　　泪——温柔了世界。

一〇九

漫天的思想，
　　收合了来罢！
你的中心点，
　　你的结晶，
　　　要作我的南针。

一一〇

青年人呵！
你要和老年人比起来，
　　就知道你的烦闷，
　　　是温柔的。

一一一

太单调了么?
琴儿,
　我原谅你!
你的弦,
　本弹不出笛儿的声音。

一一二

古人呵!
你已经欺哄了我,
　不要引导我再欺哄后人。

一一三

父亲呵!
我怎样的爱你,
　也怎样爱你的海。

一一四

"家"是什么,
　　我不知道;
但烦闷——忧愁,
　　　都在此中融化消灭。

一一五

笔在手里,
　　句在心里,
　　　只是百无安顿处——
　　　远远地却引起钟声!

一一六

海波不住的问着岩石,
　　岩石永久沉默着不曾回答;
然而它这沉默,
　　已经过百千万回的思索。

一一七

小茅棚，
　菊花的顶子——
　　在那里
　　　要感出宇宙的独立！

一一八

故乡！
何堪遥望，
　何时归去呢？
白发的祖父，
　不在我们的园里了！

一一九

谢谢你，
　我的琴儿！
月明人静中，
　为我颂赞了自然。

一二〇

母亲呵!
这零碎的篇儿,
　　你能看一看么?
这些字,
　　在没有我以前,
　　　　已隐藏在你的心怀里。

一二一

露珠,
　　宁可在深夜中,
　　　和寒花作伴——
　　却不容那灿烂的朝阳,
　　　　给她丝毫暖意。

一二二

我的朋友!
真理是什么,
　　感谢你指示我;
然而我的问题,
　　不容人来解答。

一二三

天上的玫瑰，
　　红到梦魂里；
天上的松枝，
　　青到梦魂里；
天上的文字，
　　却写不到梦魂里。

一二四

"缺憾"呵！
"完全"需要你，
　　在无数的你中，
　　　　衬托出它来。

一二五

蜜蜂，
　　是能溶化的作家；
从百花里吸出不同的香汁来？
　　酿成它独创的甜蜜。

一二六

荡漾的，是小舟么？
青翠的，是岛山么？
蔚蓝的，是大海么？
我的朋友！
重来的我，
　何忍怀疑你，
　　只因我屡次受了梦儿的欺枉。

一二七

流星，
　飞走天空，
　　可能有一秒时的凝望？
然而这一瞥的光明，
　已长久遗留在人的心怀里。

一二八

澎湃的海涛，
　沉黑的山影——
　夜已深了，

不出去罢。
　看呵！
　　一星灯火里，
　　　军人的父亲，
　　　　独立在旗台上。

一二九

倘若世间没有风和雨，
　这枝上繁花，
　　又归何处？
只惹得人心生烦厌。

一三〇

希望那无希望的事实，
　解答那难解答的问题，
　　便是青年的自杀！

一三一

大海呵！
　哪一颗星没有光？
　哪一朵花没有香？

哪一次我的思潮里
　　没有你波涛的清响?

　　　一三二

我的心呵!
你昨天告诉我,
　　世界是欢乐的;
今天又告诉我,
　　世界是失望的;
明天的言语,
　　　又是什么?
教我如何相信你!

　　　一三三

我的朋友!
未免太忧愁了么?
"死"的泉水,
　　是笔尖下最后的一滴。

　　　一三四

怎能忘却?
夏之夜,

明月下,
幽栏独倚。
粉红的莲花,
　　深绿的荷盖,
　　　　缟白的衣裳!

一三五

我的朋友!
你曾登过高山么?
你曾临过大海么?
在那里,
　　是否只有寂寥?
　　只有"自然"无语?
你的心中
　　是欢愉还是凄楚?

一三六

风雨后——
　　花儿的芬芳过去了,
　　　花儿的颜色过去了,
果儿沉默的在枝上悬着。
花的价值,
　　要因着果儿而定了!

一三七

聪明人!
抛弃你手里幻想的花罢!
她只是虚无缥缈的,
　　反分却你眼底春光。

一三八

夏之夜,
　　凉风起了!
　　　襟上兰花气息,
　　　　绕到梦魂深处。

一三九

　　虽然为着影儿相印:
我的朋友!
　　你宁可对模糊的镜子,
　　不要照澄澈的深潭,
　　　她是属于自然的!

一四〇

小小的命运,
　每日的转移青年;
命运是觉得有趣了,
　然而青年多么可怜呵!

一四一

思想,
　只容心中游漾。
刚拿起笔来,
　神趣便飞去了。

一四二

一夜——
　听窗外风声。
　　可知道寄身山巅?
烛影摇摇,
　影儿怎的这般清冷?
似这般山河如墨,
　只是无眠——

一四三

心潮向后涌着,
　　时间向前走着;
青年的烦闷,
　　便在这交流的旋涡里。

一四四

阶边,
　　花底,
　　　　微风吹着发儿,
　　　　　　是冷也何曾冷!
这古院——
　　这黄昏——
　　这丝丝诗意——
　　　　绕住了斜阳和我。

一四五

心弦呵!
弹起来罢——
　　让记忆的女神,
　　　　和着你调儿跳舞。

一四六

文字，
　开了矫情的水闸；
听同情的泉水，
　深深地交流。

一四七

将来，
　明媚的湖光里，
　　可有个矗立的碑？
怎敢这般沉默着——想。

一四八

只这一枝笔儿：
拿得起，
　放得下，
　　便是无限的自然！

一四九

无月的中秋夜,
　是怎样的耐人寻味呢!
隔着层云,
　隐着清光。

一五〇

独坐——
　山下湿云起了。
　　更隔院断续的清磬。
这样黄昏,
　这般微雨,
　　只做就些儿惆怅!

一五一

智慧的女儿!
　向前迎住罢,
"烦闷"来了,
　要败坏你永久的工程。

一五二

我的朋友!
不要任凭文字困苦你;
文字是人做的,
　　人不是文字做的!

一五三

是怜爱,
　　是温柔,
　　　　是忧愁——
这仰天的慈像,
　　融化了我冻结的心泉。

一五四

总怕听天外的翅声——
小小的鸟呵!
羽翼长成,
　　你要飞向何处?

一五五

白的花胜似绿的叶,
　　浓的酒不如淡的茶。

一五六

清晓的江头,
　　白雾濛濛,
是江南天气,
　　雨儿来了——
　　　我只知道有蔚蓝的海,
　　　却原来还有碧绿的江,
　　　　这是我父母之乡!

一五七

因着世人的临照,
　　只可以拂拭镜上的尘埃,
　　　却不能增加月儿的光亮。

一五八

我的朋友！
雪花飞了，
　我要写你心里的诗。

一五九

母亲呵！
天上的风雨来了，
　鸟儿躲到它的巢里；
心中的风雨来了，
　我只躲到你的怀里。

一六〇

聪明人！
文字是空洞的，
　言语是虚伪的；
你要引导你的朋友，
　只在你
　　自然流露的行为上！

一六一

大海的水,
　是不能温热的;
孤傲的心,
　是不能软化的。

一六二

青松枝,
　红灯彩,
　　和那柔曼的歌声——
小弟弟!
感谢你付与我,
　寂静里的光明。

一六三

片片的云影,
　也似零碎的思想么?
然而难将记忆的本儿,
　将它写起。

一六四

我的朋友！
别了，
　我把最后一页，
　　留与你们！

春 水

自 序

"母亲呵!
这零碎的篇儿,
　你能看一看么?
这些字,
　在没有我以前,
　　已隐藏在你的心怀里。"

　　　　　　——录《繁星》一二〇
　　　　　　　　冰　心
　　　　　　十一,二一,一九二二

一

春水！
　又是一年了，
　　还这般的微微吹动。
可以再照一个影儿么？

春水温静的答谢我说：
　"我的朋友！
　　我从来未曾留下一个影子，
　　　不但对你是如此。"

二

四时缓缓的过去——
百花互相耳语说：
　"我们都只是弱者！
　甜香的梦
　　轮流着做罢，
　憔悴的杯
　　也轮流着饮罢，
上帝原是这样安排的呵！"

三

青年人！
你不能像风般飞扬，
　　便应当像山般静止。
浮云似的
　　无力的生涯，
只做了诗人的资料呵！

四

芦荻，
　　只伴着这黄波浪么？
趁风儿吹到江南去罢！

五

一道小河
　　平平荡荡的流将下去，
只经过平沙万里——
　　自由的，
　　　　沉寂的，
它没有快乐的声音。

一道小河
　　曲曲折折的流将下去，
只经过高山深谷——
　　　险阻的，
　　　　挫折的，
它也没有快乐的声音。

我的朋友！
感谢你解答了
　　我久闷的问题，
平荡而曲折的水流里，
　　青年的快乐
　　　　在其中荡漾着了！

六

诗人！
不要委屈了自然罢，
　　"美"的图画，
　　要淡淡的描呵！

七

　　一步一步的扶走——

半隐的青紫的山峰
　　怎的这般高远呢？

八

月呵！
　　什么做成了你的尊严呢？
深远的天空里，
　　只有你独往独来了。

九

倘若我能以达到，
　　上帝呵！
何处是你心的尽头，
　　可能容我知道？
远了！
　　远了！
　　我真是太微小了呵！

一〇

忽然了解是一夜的正中，
白日的心情呵！

不要侵到这境界里来罢。

一一

南风吹了，
将春的微笑
　从水国里带来了！

一二

弦声近了，
　瞽目者来了，
弦声远了，
　无知的人的命运
　　也跟了去么？

一三

白莲花！
　清洁拘束了你了——
但也何妨让同在水里的红莲
　　来参礼呢？

一四

自然唤着说：
"将你的笔尖儿
　　浸在我的海里罢！
人类的心怀太枯燥了。"

一五

沉默里，
　　充满了胜利者的凯歌！

一六

心呵！
　　什么时候值得烦乱呢？
　　为着宇宙，
　　为着众生。

一七

红墙衰草上的夕阳呵！

快些落下去罢,
　你使许多的青年人颓老了!

一八

冰雪里的梅花呵!
　你占了春先了。
看遍地的小花
　随着你零星开放。

一九

诗人!
　笔下珍重罢!
众生的烦闷
　要你来慰安呢。

二〇

山头独立,
　宇宙只一人占有了么?

二一

只能提着壶儿
　看她憔悴——
同情的水
　从何灌溉呢?
　她原是栏内的花呵!

二二

先驱者!
　你要为众生开辟前途呵,
　束紧了你的心带罢!

二三

平凡的池水——
　临照了夕阳,
　便成金海!

二四

小岛呵!
　何处显出你的挺拔呢?
无数的山峰
　沉沦在海底了。

二五

吹就雪花朵朵——
朔风也是温柔的呵!

二六

　我只是一个弱者!
光明的十字架
　容我背上罢,
　我要抛弃了性天里
　暗淡的星辰!

二七

大风起了!
　　秋虫的鸣声都息了!

二八

影儿欺哄了众生了,
　　天以外——
月儿何曾圆缺?

二九

一般的碧绿,
　　只多些温柔。
西湖呵,
　　你是海的小妹妹么?

三〇

天高了,
　　星辰落了。

晓风又与睡人为难了!

三一

诗人!
自然命令着你呢,
　静下心潮
　　　听它呼唤!

三二

渔舟归来了,
　看江上点点的红灯呵!

三三

墙角的花!
你孤芳自赏时,
　天地便小了。

三四

青年人!

从白茫茫的地上
　找出同情来罢。

三五

嫩绿的叶儿
　也似诗情么？
颜色一番一番的浓了。

三六

老年人的"过去"，
　青年人的"将来"，
在沉思里
　都是一样呵！

三七

太空！
揭开你的星网，
容我瞻仰你光明的脸罢。

三八

秋深了！
　树叶儿穿上红衣了！

三九

水向东流，
　月向西落——
诗人，
　你的心情
　　能将她们牵住了么？

四〇

黄昏——深夜
　槐花下的狂风，
　　藤萝上的蜜雨，
　可能容我暂止你？
病的弟弟
　刚刚睡浓了呵！

四一

小松树,
　容我伴你罢,
　　山上白云深了!

四二

晚霞边的孤帆,
　在不自觉里
　　完成了"自然"的图画。

四三

春何曾说话呢?
　但她那伟大潜隐的力量,
　　已这般的
　　　温柔了世界了!

四四

旗儿举正了,
　聪明的先驱者呵!

四五

山有时倾了，
　　海有时涌了。
　　一个庸人的心志
　　　　却终古竖立！

四六

不解放的行为，
　　造就了自由的思想！

四七

人在廊上，
　　书在膝上，
拂面的微风里
　　　　知道春来了。

四八

萤儿自由的飞走了，
　　无力的残荷呵！

四九

自然的微笑里,
　融化了
　　人类的怨嗔。

五〇

何用写呢?
　诗人自己
　　便是诗了!

五一

鸡声——
　鼓舞了别人了!
　　它自己可曾得到慰安么?

五二

微倦的沉思里——
　鸽儿的弦风
　　将诗情吹破了!

五三

春从微绿的小草里
　和青年说：
　"我的光照临着你了，
　　　从枯冷的环境中
　创造你有生命的人格罢！"

五四

白昼从那里长了呢？
　远远墙边的树影
　　都困惫得不移动了。

五五

野地里的百合花，
　只有自然
　　是你的朋友罢。

五六

狂风里——
　　远树都模糊了,
　　造物者涂抹了他黄昏的图画了。

五七

小蜘蛛！
　　停止你的工作罢,
　　只网住些儿尘土呵！

五八

冰似山般静寂,
　　山似水般流动,
诗人可以如此的支配它么?

五九

乘客呼唤着说:
　　"舵工!

　　　　小心雾里的暗礁罢。"

舵工宁静的微笑说：
"我知道那当行的水路，
　　这就彀了！"

六〇

流星——
　　只在人类内天空里是光明的；
它从黑暗中飞来，
　　又向黑暗中飞去，
　　　　生命也是这般的不分明么？

六一

弟弟！
　　且喜又相见了，
　　我回忆中的你，
　　　哪能像这般清晰？

六二

我要挽那"过去"的年光，

但时间的经纬里
已织上了"现在"的丝了!

六三

柳花飞时,
　燕子来了;
芦花飞时,
　燕子又去了;
但她们是一样的洁白呵!

六四

婴儿,
在他颤动的啼声中
　有无限神秘的言语,
从最初的灵魂里带来
　要告诉世界。

六五

只是一颗孤星罢了!
　在无边的黑暗里
　已写尽了宇宙的寂寞。

六六

清绝——
是静寂还是清明？
　只有凝立的城墙，
　　　被雪的杨柳，
　冷又何妨？
白茫茫里走入画图中罢！

六七

信仰将青年人
　扶上"服从"的高塔以后，
　　便把"思想"的梯儿撤去了。

六八

当我自己在黑暗幽远的道上
　当心的慢慢走着，
　　我只倾听着自己的足音。

六九

沉寂的渊底，
　　却照着
　　　永远红艳的春花。

七〇

玫瑰花的浓红
　　在我眼前照耀，
伸手摘将下来，
　　她却萎谢在我的襟上。

我的心低低的安慰我说：
　　"你隔绝了她和'自然'的连结，
　　　这浓红便归尘土；
青年人！
　　留意你枯燥的灵魂。"

七一

当我浮云般

自来自去的时候,

真觉得宇宙太寂寞了!

七二

郁倦的春风

只送些"不宁"来了!

 城墙——

  微绿的杨柳——

   都隐没在飞扬的尘土里。

  这也是人生断片的烦闷呵!

七三

我的朋友!

 倘若春花自由的开放时,

  无意中愁苦了你,

你当原谅它是受自然的指挥的。

七四

在模糊的世界中——

 我忘记了最初的一句话,

  也不知道最后的一句话。

七五

昨日游湖，
今夜听雨，
　这雨点已落到我心中的湖上，
　滴出无数的叠纹了！

七六

寂寞增加郁闷，
　忙碌铲除烦恼——
我的朋友！
　快乐在不停的工作里！

七七

只坐在阶边说笑——
山上的楼台
　斜阳照着，
何曾不想一登临呢？
　清福不要一日享尽了呵！

七八

可曾有过?
　钓矶独坐——
满湖柔波
　看人春泛。

七九

我愿意在离开世界以前
　能低低告诉它说:
　　"世界呵,
　我彻底的了解你了!"

八〇

当我看见绿叶又来的时候,
　我的心欣喜又感伤了。
勇敢的绿叶呵!
　记否去秋黯淡的离别呢?

八一

我独自
　　经过了青青的松柏，
　　　　上了层层的石阶。
祈年殿
　　庄严地在黄尘里，
　　我——
　　　　我只能深深的低首了！

八二

我的朋友，
　　不要让春风欺哄了你。
　　花色原不如花香啊！

八三

微雨的山门下，
　　　石阶湿着——
　　只有独立的我
　　　　和缕缕的游云，
　　　这也是"同参密藏"么？

八四

灯下拔了剑儿出鞘,
  细看——凝想
  只有一腔豪气。
竟忘却
  血珠鲜红
  泪珠晶白。

八五

我的朋友!
倘若你忆起这一湖春水,
要记住
  它原不是温柔,
  只是这般冰冷。

八六

谈笑着走下层阶,
斜阳里——
  偶然后头红墙,
    前瞻黄瓦,

霎时间我了解什么是"旧国"了，
　我的心灵从此凄动了！

八七

青年人！
　只是回顾么？
　这世界是不住的前进呵。

八八

春徘徊着来到
　这庄严的坛上——
在无边的清冷里，
只能把一丝春意，
　交付与阶隙里
　　微小的草儿了。

八九

桃花无主的开了，
　小草无主的青了，
世人真痴呵！
　为何求自然的爱来慰安呢！

九○

聪明人！
　　在这漠漠的世界上，
　　只能提着"自信"的灯儿
　　　进行在黑暗里。

九一

对着幽艳的花儿凝望，
　　为着将来的果子
　　　只得留它开在枝头了！

九二

星儿！
　　世人凝注着你了，
　导引他们的眼光
　　超出太空以外罢！

九三

一阵风来——
　　湖水向后流了,
　　　　石矶向前走了,
迷惘里……
我——我脑中的海岳呵!

九四

什么是播种者的喜悦呢!
　　倚锄望——
　　　到处有青青之痕了!

九五

月儿——
在天下的水镜里,
　　这边光明,
　　　那边黯淡。
但在天上却只有一个。

九六

"什么时候来赏雪呢?"
　"来日罢,"
　"来日"过去了。

"什么时候来游湖呢?"
　"来年罢,"
　"来年"过去了。

"什么时候来工作呢!
　来生么?"
我微笑而又惊悚了!

九七

寥廓的黄昏,
　何处着一个彷徨的我?
母亲呵!
我只要归依你,
心外的湖山,
　容我抛弃罢!

九八

我不会弹琴,
　我只静默的听着;
我不会绘画,
　我只沉寂的看着;
我不会表现万全的爱,
我只虔诚的祷告着。

九九

"幽兰!
　未免太寂寞了,
　不愿意要友伴么?"
　"我正寻求着呢?
　但没有别的花儿
　肯开在空谷里。"

一〇〇

当青年人肩上的重担
　忽然卸去时,
他勇敢的心

便要因着寂寞而悲哀了!

一○一

我的朋友!
　　最后的悲哀
　　　还须禁受,
在地球粉碎的那一日,
　　幸福的女神,
　　　要对绝望众生
作末一次凄感的微笑。

一○二

我的问题——
　　我的心
　　　在光明中沉默不答。
我的梦
　　却在黑暗里替我解明了!

一○三

智慧的女儿!
在不住的抵抗里,

你永远不能了解
　什么是人类同情。

一〇四

鱼儿上来了,
水面上一个小虫儿飘浮着——
在这小小的生死关头,
我微弱的心
　忽然颤动了!

一〇五

造物者——
　倘若在永久的生命中
　　只容有一极乐的应许。
　我要至诚地求着:
　"我在母亲的怀里,
　　母亲在小舟里,
　小舟在月明的大海里"。

一〇六

诗人从他的心中

滴出快乐和忧愁的血。
在不知不觉里
　已成了世界上同情的花。

一〇七

只是纸上纵横的字——
　纵横的字，
　　哪有词句呢？
　只重叠的墨迹里
　　已留下当初凝想之痕了！

一〇八

母亲呵！
　乳娘不应诓弄脆弱的我，
　谁最初的开了
我心宫里悲哀之门呢？

——你拭干我现在的
　微笑中的泪珠罢——

楼外丐妇求乞的悲声，
　将我的心从睡梦中
　　重重的敲碎了！

她将我的母亲带去了,
　　母亲不在摇篮边了。
这是我第一次感出
　　世界的虚空呵!

一〇九

夜正长呢!
　　能下些雨儿也好。
窗外果然滴沥了——
　　数着雨声罢!
　　只依旧是烦郁么?

一一〇

聪明人,
　　纤纤的月,
　　　完满在后头呢!
姑且容淡淡的云影
　　遮蔽着她罢。

一一一

小麻雀!
　　休飞进田垄里。

垄里,
　　遍地弹机
　　正静静的等着你。

　　　　一一二

浪花愈大,
　　凝立的盘石
　　在沉默的持守里,
　　　　快乐也愈大了。

　　　　一一三

星星——
　　只能白了青年人的发,
　　不能灰了青年人的心。

　　　　一一四

我的朋友!
　　不要随从我。
我的心灵之灯
　　只照自己的前途呵!

一一五

两行的红烛燃起了——
　　堂下花阴里，
　　　　隐着浅红的夹衣。
　　髫年的欢乐
　　　　容她回忆罢！

一一六

山上的楼窗不见了，
　　灯花烬也！
天风里
　　危岩独倚，
　　　　便小草也是伴侣了！

一一七

梦未终——
　　窗外日迟迟，
　　　　堂前又遇见伊！
牵牛花！
　　昨夜灵魂里攀摘的悲哀，
　　　　可曾身受么？

一一八

紫藤萝落在池上了。
花架下
　长昼无人,
只有微风吹着叶儿响。

一一九

诗人的心灵?
　只合颤动么?
平凡的急管繁弦,
　已催他低首了!

一二○

"祖父千秋,
　同祝一杯酒!"
明灯下,
　笑声里,
　面颊都晕红了!

妹姊们!

何必当初?
　　到如今酒阑人散——
苦雨孤灯的晚上,
　　只添我些凄清的回忆呵!

一二一

世人呵!
　　暂时的花儿
　　　　原不配供在永久的瓶里,
这稚弱的生机,
　　请你怜悯罢!

一二二

自然的话语
　　太深微了,
聪明人的心
　　却是如何的简单呵!

一二三

几天的微雨,
　　将春的消息隔绝了。

无聊里——
　　几朵枯花，
　　　只拈来凝想。
　　原是去年的言语呵，
　　　也可作今日的慰安么？

一二四

黄昏了——
　　湖波欲睡了——
走不尽的长廊呵！

一二五

修养的花儿
　　在寂静中开过去了，
成功的果子
　　便要在光明里结实。

一二六

虹儿！
你后悔么？
　　雨后的天空

偶然出现,
世间儿女
已画你的影儿在罗带上了。

一二七

清晓——
　静悄悄地走入园里,
万有都在睡梦中呵!
　除却零零的露珠
　　谁是伴侣呢?

一二八

海洋将心情深深的分断了——
　十字架下的婴儿呵!
隔着清波
　只能有泛泛的微笑么?

一二九

朝阳下的鸟声清啭着,
　窗帘吹卷了,
　　又听得叶儿细响——

无奈诗人的心灵呵！
　　不许他拿起笔儿
　　　　却依旧这般凝想。

一三〇

这时又是谁在海舟上呢？
　　水面黄昏
　　　　凭栏的凝眺——
　　山中的我
　　　　只合空想了。

一三一

青年人！
　　觉悟后的悲哀
　　　　只深深的将自己葬了。
　　原也是微小的人类呵！

一三二

花又在瓶里了，
　　书又在手里了，
但——

是今年的秋雨之夜!

一三三

只两朵昨夜襟上的玉兰,
　便将晓风和朝阳
　　都深深地记在心里了。

一三四

命运如同海风——
吹着青春的舟,
　飘摇的,
　　曲折的,
　渡过了时光的海。

一三五

梦里采撷的天花,
　醒来不见了——
我的朋友!
人生原有些愿望!
只能永久的寄在幻想里!

一三六

洞谷里的小花
　无力的开了,
　　又无力的谢了。
便是未曾领略过春光呵,
　却也应晓得!

一三七

沉默着罢!
　在这无穷的世界上,
弱小的我
　原只当微笑
　　不应放言。

一三八

幢幢的人影,
　沉沉的烛光——
都将永别的悲哀,
　和人生之谜语,
　　刻在我最初的回忆里了。

一三九

这奔涌的心潮
　只索倩《楞严》来壅塞了。
无力的人呵！
　究竟会悟到"空不空"么？

一四〇

遨游于梦中罢！
在那里
　只有自由的言笑，
　　率真的心情。

一四一

雨后——
　随着蛙声，
荷盘上的水珠，
　将衣裳溅湿了。

一四二

玫瑰花开了。
为着无聊的风,
　小小的水边
　　竟不想再去了。
诗人的生涯
　只终于寂寞么?

一四三

揭开自然的帘儿罢!
　艺术的婴儿,
　　正卧在真理的娘怀里。

一四四

诗人也只是空写罢了!
　一点心灵——
何曾安慰到
　雨声里痛苦的征人?

一四五

我的心开始颤动了——
　　当我默默的
　　　　敞着楼窗,
　　　　对着大海,
自然无声的谢我说:
　　　"我承认我们是被爱的了。"

一四六

经验的花
　　结了智慧的果
智慧的果,
　　却包着烦恼的核!

一四七

绿荫下
　　沉思的坐着——
游丝般的诗情呵!
迷濛的春光
　　　刚将你抽出来,

叶底园丁的剪刀声
　　又将你剪断了。

一四八

谢谢你!
　　我的朋友!
这朵素心兰
　　请你自己戴着罢。
我又何忍辞谢她?
但无论是玫瑰
　　　　是香兰,
我都未曾放在发儿上。

一四九

上帝呵!
　　即或是天阴阴地,
　　　　　人寂寂地,
　　只要有一个灵魂
　　　守着你严静的清夜,
　　寂寞的悲哀,
　　　　便从宇宙中消灭了。

一五〇

岩下
　缓缓的河流，
　　深深的树影——
指点着
　细语着，
许多诗意
　笼盖在月明中。

一五一

浪花后
　是谁荡桨？
这桨声
　侵入我深思的圈儿里了！

一五二

先驱者！
　绝顶的危峰上
　　可曾放眼？
便是此身解脱，

也应念着山下
　　劳苦的众生!

一五三

笠儿戴着,
　牛儿骑着,
　　　眉宇里深思着——
小牧童!
　一般的沐着大地上的春光呵,
　　完满的无声的赞扬,
　　诗人如何比得你!

一五四

柳条儿削成小桨,
　莲瓣儿做了扁舟——
容宇宙中小小的灵魂,
　轻柔地泛在春海里。

一五五

病后的树荫
　也比从前浓郁了,

开花的枝头,
　　却有小小的果儿结着。
　　我们只是改个庞儿相见呵!

一五六

睡起——
　　廊上黄昏,
　　　　薄袖临风;
　　庭院水般清,
　　　　心地镜般明;
　　是画意还是诗情?

一五七

姊姊!
　　清福便独享了罢,
　　何须寄我些春泛的新诗?
　　心灵里已是烦忙
　　　　又添了未曾相识的湖山,
　　　　　　频来入梦。

一五八

先驱者!

前途认定了
　　切莫回头!
一回头——
　　灵魂里潜藏的怯弱,
　　要你停留。

一五九

凭栏久
　　凉风渐生
何处是天家?
　　真要乘风归去!
看——
　　清冷的月
　　　已化作一片光云
　　轻轻地飞在海涛上。

一六○

自然无声的
　　看着劳苦的诗人微笑:
　　"想着罢!
　　写着罢!
　　无限的庄严,
　　　你可曾约略知道?"

诗人投笔了!
　微小的悲哀
永久遗留在心坎里了!

一六一

隔窗举起杯儿来——
落花!
　和你作别了!
　　原是清凉的水呵,
只当是甜香的酒罢。

一六二

崖壁阴阴处,
　海波深深处,
　　垂着丝儿独钓。
鱼儿!
　不来也好,
我已从蔚蓝的水中
　钓着诗趣了。

一六三

暮色苍苍——
　远村在前，
山门在后。
黄土的小道曲折着，
　踽踽的我无心的走着。

宇宙昏昏——
　表现在前，
　消灭在后。
生命的小道曲折着，
　踽踽的我不自主的走着。
一般的遥远的前途呵！
　抬头见新月，
　深深地起了
　　不可言说的感触！

一六四

将离别——
　舟影太分明。
　四望江山青；
微微的云呵！

怎只压着黯黯的情绪，
　　不笼住如梦的歌声？

一六五

我的朋友
　　坐下莫徘徊，
照影到水中，
　　累它游鱼惊起。

一六六

遥指峰尖上，
　　孤松峙立，
　　　怎得倚着树根看落日？

已近黄昏，
　　算着路途罢！
衣薄风寒，
　　不如休去。

一六七

绿水边
　　几双游鸭，
　　几个浣衣的女儿，
在诗人驴前
　　展开了一幅自然的图画。

一六八

朦胧的月下——
　　长廊静院里。
不是清磬破了岑寂，
　　便落花的声音，
　　　　也听得见了。

一六九

未生的婴儿，
　　从生命的球外
　　攀着"生"的窗户看时，
已隐隐地望见了
　　对面"死"的洞穴。

一七〇

为着断送百万生灵
　　不绝的炮声，
严静的夜里，
　　凄然的将捉在手里的灯蛾
　　放到窗外去了。

一七一

马蹄过处，
　　蹴起如云的尘土；
据鞍顾盼，
　　平野青青——
只留下无穷的怅惘罢了，
　　英雄梦那许诗人做？

一七二

开函时——
　　正席地坐在花下，
一阵凉风
　　将看完的几张吹走了。

我只默默的望着,
　　听它吹到墙隅,
慰悦的心情
　　也和这纸儿一样的飞扬了!

一七三

明月下
　　绿叶如云,
　　白衣如雪——
怎样的感人呵!
　　又况是别离之夜?

一七四

青年人,
　　珍重的描写罢,
时间正翻着书页,
　　请你着笔!

一七五

我怀疑的撒下种子去,
　　便闭了窗户默想着。

我又怀疑的开了窗,
　　岂止萌芽?
　　这青青之痕
　　　还滋蔓到他人的园地里。

上帝呵!
　感谢你"自然"的风雨!

一七六

战场上的小花呵!
　赞美你最深的爱!
冒险的开在枪林弹雨中,
　　慰藉了新骨。

一七七

我的心忽然悲哀了!
　昨夜梦见
　　独自穿着冰绡之衣,
　从汹涌的波涛中
　　渡过黑海。

一七八

微阴的阶上,
　只坐着自己——
绿叶呵!
　玫瑰落尽,
诗人和你
　一同感出寂寥了。

一七九

明月!
　完成了你的凄清了!
银光的田野里,
　是谁隔着小溪
　　吹起悠扬之笛?

一八〇

婴儿!
谁像他天真的颂赞?
　当他呢喃的
　　对着天末的晚霞,

无力的笔儿,
真当抛弃了。

一八一

襟上摘下花儿来,
　匆匆里
　　就算是别离的赠品罢!

马已到门前了,
　要不是窗内听得她笑言,
　　错过也
　　又几时重见?

一八二

别了!
　春水,
感谢你一春潺潺的细流,
　带去我许多意绪。

向你挥手了,
缓缓地流到人间去罢。
我要坐在泉源边,
静听回响。
　　　　　　三,五——六,十四,一九二二。

迎神曲

灵台上——
燃起星星微火,
黯黯地低头膜拜。

问"来从何处来?
去向何方去?
这无收束的尘寰,
可有众生归路?"

空华影落,
万籁无声,
隐隐地涌现了:
是宝盖珠幢,
是金身法相。

"只为问'来从何处来?
去向何方去?'
这轮转的尘寰,
便没了众生归路!"

"世界上
来路便是归途,
归途也成来路。"

送神曲

"世界上
来路便是归途,
归途也成来路。

"这轮转的尘寰,
何用问
'来从何处来?
去向何方去?'

"更何处有宝盖珠幢?
又何处是金身法相?
即我——
也即是众生。

"来从去处来
去向来处去。
向那来的地方,
寻将去路。"

灵台上——
燃着了常明灯火,
深深地低头膜拜。

无月的中秋夜,一九二一。

一朵白蔷薇

怎么独自站在河边上？这朦胧的天色，是黎明还是黄昏？何处寻问，只觉得眼前竟是花的世界。中间杂着几朵白蔷薇。

她来了，她从山上下来了。靓妆着，仿佛是一身缟白，手里抱着一大束花。

我说，"你来，给你一朵白蔷薇，好簪在襟上。"她微笑说了一句话，只是听不见。然而似乎我竟没有摘，她也没有戴，依旧抱着花儿，向前走了。

抬头望她去路，只见得两旁开满了花，垂满了花，落满了花。

我想白花终比红花好；然而为何我竟没有摘，她也竟没有戴？
前路是什么地方，为何不随她走去？

都过去了，花也隐了，梦也醒了，前路如何，便摘也何曾戴？

一九二一年八月二十日追记。

冰　神

　　白茫茫的地上，自己放着风筝，一丝风意都没有——

　　飏起来了，愈飞愈紧，却依旧是无风。抬头望，前面矗立着一座玲珑照耀的冰山；峰尖上庄严地站着一位女神，眉目看不分明，衣裳看不分明，只一只手举着风筝，一只手指着天上——

　　天上是繁星错落如珠网——

　　一转身忽惊，西山月落凉阶上，照着树儿，射着草儿。
　　这莫是她顶上的圆光，化作清辉千缕？

　　是真？是梦？我只深深地记着：
　　是冰山，是女神，是指着天上——

一九二一年八月二十日追记。

诗的女神

她在窗外悄悄的立着呢!
帘儿吹动了——
　　窗内,
　　窗外,
在这一刹那顷,
忽地都成了无边的静寂。

看呵,
是这般的:
　　满蕴着温柔,
　　微带着忧愁,
欲语又停留。

夜已深了,
人已静了,
屋里只有花和我,
请进来罢!

只这般的凝立着么?
量我怎配迎接你,
诗的女神呵!
还求你只这般的,
经过无数深思的人的窗外。

十二,九,一九二一。

假如我是个作家

假如我是个作家,
我只愿我的作品
　　入到他人脑中的时候,
　　平常的,不在意的,没有一句话说;
流水般过去了,
不值得赞扬,
　　更不屑得评驳;
　　然而在他的生活中
　　痛苦,或快乐临到时,
他便模糊的想起
好像这光景曾在谁的文字里描写过;
这时我便要流下快乐之泪了!

假如我是个作家,
我只愿我的作品
　　被一切友伴和同时有学问的人
　　　　轻藐——讥笑;
然而在孩子,农夫,和愚拙的妇人,
他们听过之后,
　　慢慢的低头,
　　深深的思索,
我听得见"同情"在他们心中鼓荡;
这时我便要流下快乐之泪了!

假如我是个作家,
我只愿我的作品
　　在世界中无有声息,
　　　　没有人批评
　　　　更没有人注意;
只有我自己在寂寥的白日,或深夜,
对着明明的月
　　　　<u>丝丝</u>的雨
　　　　　飒飒的风,
低声念诵时,
能以再现几幅不模糊的图画;
这时我便要流下快乐之泪了!

假如我是个作家,
我只愿我的作品
在人间不露光芒
　　　　没个人听闻,
　　　　没个人念诵,
只我自己忧愁,悦乐,
或是独对无限的自然,
　　　　能以自由抒写,
当我积压的思想发落到纸上,
这时我便要流下快乐之泪了!

　　　　　　一,一八,一九二二。

纪　事

————赠小弟冰季————

右手握着弹弓，
　　左手弄着泥丸——
　背倚着柱子
　　两足平直地坐着。
　仰望天空的深黑的双眼，
　　是侦伺着花架上
　　　偷啄葡萄的乌鸦罢？
　然而杀机里却充满着热爱的神情！

我从窗内忽然望见了，
我不觉凝住了，
　爱怜的眼泪
　　已流到颊上了！

　　　　　　　　八，二二，一九二二。

纸　船

寄母亲

我从来不肯妄弃了一张纸，
　　总是留着——留着，
叠成一只一只很小的船儿，
　　从舟上抛下在海里。

有的被天风吹卷到舟中的窗里，
　　有的被海浪打湿，沾在船头上。
我仍是不灰心的每天的叠着，
　　总希望有一只能流到我要它到的地方去。

母亲，倘若你梦中看见一只很小的白船儿，
　　不要惊讶它无端入梦。
这是你至爱的女儿含着泪叠的，万水千山
　　求它载着她的爱和悲哀归去。

　　　　　　八，二十七，一九二三太平洋舟中。

乡 愁

——示 HH 女士——

我们都是小孩子，
　　偶然在海舟上遇见了。
谈笑的资料穷了之后，
　　索然的对坐，
　　无言的各起了乡愁。

记否十五之夜，
　　满月的银光
　　　　射在无边的海上。
琴弦徐徐的拨动了，
　　生涩的不动人的调子，
天风里，
　　居然引起了无限的凄哀？

记否十七之晨，
　　浓雾塞窗，
　　　　冷寂无聊。
角儿里相挨的坐着——
不干己的悲剧之一幕，
　　曼声低诵的时候，
　　竟引起你清泪沾裳？

"你们真是小孩子,
　　已行至此,
　　　何如作壮语?"

我的朋友!
前途只闪烁着不定的星光,
　　后顾却望见了飘扬的爱帜。
为着故乡,
　　我们原只是小孩子!
　　　不能作壮语,
　　　不忍作壮语,
　　　也不肯作壮语了!

　　　　八,二十七,一九二三,太平洋舟中。

散 文

往事（一）（节选）

——生命历史中的几页图画

一

将我短小的生命的树，一节一节的斩断了，圆片般堆在童年的草地上。我要一片一片地拾起来看：含泪的看，微笑的看，口里吹着短歌的看。

难为他装点得一节一节，这般丰满而清丽！

我有一个朋友，常常说，"来生来生！"——但我却如此说："假如生命是乏味的，我怕有来生。假如生命是有趣的，今生已是满足的了！"

第一个厚的圆片是大海；海的西边，山的东边，我的生命树在那里萌芽生长，吸收着山风海涛。每一根小草，每一粒沙砾，都是我最初的恋慕，最初拥护我的安琪儿。

这圆片里重叠着无数快乐的图画，憨嬉的图画，寂寞的图画，和泛泛无着的图画。

放下罢，不堪回忆！

第二个厚的圆片是绿荫；这一片里许多生命表现的幽花，都是这绿荫烘托出来的。有浓红的，有淡白的，有不可名色的……

晚晴的绿荫，朝雾的绿荫，繁星下指点着的绿荫，月夜花棚秋千架下的绿荫!

感谢这曲曲屏山!它圈住了我许多思想。

第三个厚的圆片,不是大海,不是绿荫,是什么?我不知道!

假如生命是无味的,我不要来生。假如生命是有趣的,今生已是满足的了。

七

父亲的朋友送给我们两缸莲花,一缸是红的,一缸是白的,都摆在院子里。

八年之久,我没有在院子里看莲花了——但故乡的园院里,却有许多;不但有并蒂的,还有三蒂的,四蒂的,都是红莲。

九年前的一个月夜,祖父和我在园里乘凉。祖父笑着和我说,"我们园里最初开三蒂莲的时候,正好我们大家庭中添了你们三个姊妹。大家都欢喜,说是应了花瑞。"

半夜里听见繁杂的雨声,早起是浓阴的天,我觉得有些烦闷。从窗内往外看时,那一朵白莲已经谢了,白瓣儿小船般散飘在水面。梗上只留下小小的莲蓬和几根淡黄色的花须,那一朵红莲,昨夜还是菡萏的,今晨却开满了,亭亭地在绿叶中间立着。

仍是不适意!——徘徊了一会儿,窗外雷声作了,大雨接着就来,愈下愈大。那朵红莲,被那繁密的雨点,打得左右欹斜。在无遮蔽的天空之下,我不敢下阶去,也无法可想。

对屋里母亲唤着,我连忙走过去,坐在母亲旁边——一回头忽然看见红莲旁边的一个大荷叶,慢慢的倾侧了来,正覆盖在红莲上面……我不宁的心绪散尽了!

雨势并不减退,红莲却不摇动了。雨点不住的打着,只能在那勇敢慈怜的荷叶上面，聚了些流转无力的水珠。

我心中深深的受了感动——

母亲呵！你是荷叶，我是红莲。心中的雨点来了，除了你，谁是我在无遮拦天空下的荫蔽？

一四

每次拿起笔来，头一件事忆起的就是海。我嫌太单调了，常常因此搁笔。

每次和朋友们谈话，谈到风景，海波又侵进谈话的岸线里，我嫌太单调了，常常因此默然，终于无语。

一次和弟弟们在院子里乘凉，仰望天河，又谈到海。我想索性今夜彻底的谈一谈海，看词锋到何时为止，联想至何处为极。

我们说着海潮，海风，海舟……最后便谈到海的女神。

涵说："假如有位海的女神，她一定是'艳如桃李，冷若冰霜'的。"我不觉笑问，"这话怎讲？"

涵也笑道，"你看云霞的海上，何等明媚；风雨的海上，又是何等的阴沉！"

杰两手抱膝凝听着，这时便运用他最丰富的想象力，指点着说："她……她住在灯塔的岛上，海霞是她的扇旗，海鸟是她的侍从；夜里她曳着白衣蓝裳，头上插着新月的梳子，胸前挂着明星的璎珞；翩翩地飞行于海波之上……"

楫忙问："大风的时候呢？"杰道："她驾着风车，狂飙疾转的在怒涛上驱走；她的长袖拂没了许多帆舟。下雨的时候，便是她忧愁了，落泪了，大海上一切都低头静默着。黄昏的时候，霞光灿然，便是她回波电笑，云发飘扬，丰神轻柔而潇洒……"

这一番话，带着画意，又是诗情，使我神往，使我微笑。

楫只在小椅子上，挨着我坐着，我抚着他，问："你的话必是更好了，说出来让我们听听！"他本静静地听着，至此便抱着我的臂儿，笑道，"海太大了，我太小了，我不会说。"

我肃然——涵用折扇轻轻的击他的手，笑说，"好一个小哲学家！"

涵道："姊姊，该你说一说了。"我道，"好的都让你们说尽了——我只希望我们都像海！"

杰笑道，"我们不配做女神，也不要'艳如桃李，冷若冰霜'的。"

他们都笑了——我也笑说，"不是说做女神，我希望我们都做个'海化'的青年。像涵说的，海是温柔而沉静。杰说的，海是超绝而威严。楫说的更好了，海是神秘而有容，也是虚怀，也是广博……"

我的话太乏味了，楫的头渐渐的从我臂上垂下去，我扶住了，回身轻轻地将他放在竹榻上。

涵忽然说："也许是我看的书太少了，中国的诗里，咏海的真是不多；可惜这么一个古国，上下数千年，竟没有一个'海化'的诗人！"

从诗人上，他们的谈锋便转移到别处去了——我只默默的守着楫坐着，刚才的那些话，只在我心中，反复地寻味——思想。

一七

我坐在院里，仪从门外进来，悄悄地和我说，"你睡了以后，叔叔骑马去了，是那匹好的白马……"我连忙问，"在哪里？"他说，"在山下呢，你去了，可不许说是我告诉的。"我站起来便走。仪自己笑着，走到书室里去了。

出门便听见涛声，新雨初过，天上还是轻阴。曲折平坦的大道，直斜到山下,既跑了就不能停足,只身不由己的往下走。转过高冈,已望见父亲在平野上往来驰骋。这时听得乳娘在后面追着,唤:"慢慢的走!看道滑掉在谷里!"我不能回头,索性不理她。我只不住的唤着父亲,乳娘又不住的唤着我。

父亲已听见了,回身立马不动。到了平地上,看见董自己远远的立在树下。我笑着走到父亲马前,父亲凝视着我,用鞭子微微的击我的头,说,"睡好好的,又出来作什么!"我不答,只举着两手笑说,"我也上去!"

父亲只得下来,马不住的在场上打转,父亲用力牵住了,扶我骑上。董便过来挽着辔头,缓缓的走了。抬头一看,乳娘本站在冈上望着我,这时才转身下去。

我和董说,"你放了手,让我自己跑几周!"董笑说,"这马野得很,姑娘管不住,我快些走就得了。"

渐渐的走快了,只听得耳旁海风,只觉得心中虚凉,只不住的笑,笑里带着欢喜与恐怖。

父亲在旁边说,"好了,再走要头晕了!"说着便走过来。我撩开脸上的短发,双手扶着鞍子,笑对父亲说,"我再学骑十年的马,就可以从军去了,像父亲一般,做勇敢的军人!"父亲微笑不答。

马上看了海面的黄昏——

董在前牵着,父亲在旁扶着。晚风里上了山,直到门前。母亲,和仪,还有许多人,都到马前来接我。

二〇

精神上的朋友宛因,和我的通信里,曾一度提到死后,她说:"我只要一个白石的坟墓,四面矮矮的石阑,墓上一个十字架,再有一个仰天沉思的石像。……这墓要在山间幽静处，丛树荫中，有溪水徐流，你一日在世，有什么新开的花朵，替我放上一两束，其余的人，就不必到那里去。"

我看完这一段，立时觉得眼前涌现了一幅清幽的图画。但是我想来想去……宛因呵，你还未免太"人间化"了！

何如脚儿赤着，发儿松松的绾着，躯壳用缟白的轻绡裹着，放在一个空明莹澈的水晶棺里，用纱灯和细乐，一叶扁舟，月白风清之夜，将这棺儿送到海上，在一片挽歌声中，轻轻的系下，葬在海波深处。

想象吊者白衣如雪，几只大舟，首尾相接，耀以红灯，绕以清乐，一簇的停在波心。何等凄清，何等苍凉，又是何等豪迈！

以万顷沧波作墓田，又岂是人迹可到？即使专诚要来瞻礼，也只能下俯清波，遥遥凭吊。

更何必以人间暂时的花朵，来娱悦海中永久的灵魂！看天上的乱星孤月，水面的晚烟朝霞，听海风夜奔，海波夜啸。比新开的花，徐流的水，其壮美的程度相去又如何？

从此穆然，超然，在神灵上下，鱼龙竞逐，珊瑚玉树交枝回绕的渊底，垂目长眠：那真是数千万年来人类所未享过的奇福！

至此搁笔，神志洒然，忽然忆起少作走韵的"集龚"中有"少年哀乐过于人，消息都妨父老惊，一事避君君匿笑，欲求缥缈反幽深。"——不觉一笑！

寄小读者（节选）

通讯一

似曾相识的小朋友们：

我以抱病又将远行之身，此三两月内，自分已和文字绝缘；因为昨天看见《晨报》副刊上已特辟了"儿童世界"一栏，欣喜之下，便借着软弱的手腕，生疏的笔墨，来和可爱的小朋友，作第一次的通讯。

在这开宗明义的第一信里，请你们容我在你们面前介绍我自己。我是你们天真队里的一个落伍者——然而有一件事，是我常常用以自傲的：就是我从前也曾是一个小孩子，现在还有时仍是一个小孩子。为着要保守这一点天真直到我转入另一世界时为止，我恳切的希望你们帮助我，提携我，我自己也要永远勉励着，做你们的一个最热情最忠实的朋友！

小朋友，我要走到很远的地方去。我十分的喜欢有这次的远行，因为或者可以从旅行中多得些材料，以后的通讯里，能告诉你们些略为新奇的事情。——我去的地方，是在地球的那一边。我有三个弟弟，最小的十三岁了。他念过地理，知道地球是圆的。他开玩笑地和我说："姊姊，你走了，我们想你的时候，可以拿一条很长的竹竿子，从我们的院子里，直穿到对面你们的院子去，穿成一个孔穴。

我们从那孔穴里，可以彼此看见。我看看你别后是否胖了，或是瘦了。"小朋友想这是可能的事情么？——我又有一个小朋友，今年四岁了。他有一天问我说："姑姑，你去的地方，是比前门还远么？"小朋友看是地球的那一边远呢？还是前门远呢？

我走了——要离开父母兄弟，一切亲爱的人。虽然是时期很短，我也已觉得很难过。倘若你们在风晨雨夕，在父亲母亲的膝下怀前，姊妹弟兄的行间队里，快乐甜柔的时光之中，能联想到海外万里有一个热情忠实的朋友，独在恼人凄清的天气中，不能享得这般浓福，则你们一瞥时的天真的怜念，从宇宙之灵中，已遥遥地付与我以极大无量的快乐与慰安！

小朋友，但凡我有工夫，一定不使这通讯有长期间的间断。若是间断的时候长了些，也请你们饶恕我。因为我若不是在童心来复的一刹那顷拿起笔来，我决不敢以成人烦杂之心，来写这通讯。这一层是要请你们体恤怜悯的。

这信该收束了，我心中莫可名状，我觉得非常的荣幸！

冰 心

1923年7月25日

通讯二

小朋友们：

我极不愿在第二次的通讯里，便劈头告诉你们一件伤心的事情。然而这件事，从去年起，使我的灵魂受了隐痛，直到现在，不容我不在纯洁的小朋友面前忏悔。

去年的一个春夜——很清闲的一夜，已过了九点钟了，弟弟们都已去睡觉，只我的父亲和母亲对坐在圆桌旁边，看书，吃果点，谈话。我自己也拿着一本书，倚在椅背上站着看。那时一切都很和柔，很安静的。

一只小鼠，悄悄地从桌子底下出来，慢慢地吃着地上的饼屑。这鼠小得很。它无猜的，坦然的，一边吃着，一边抬头看着我——我惊悦地唤起来，母亲和父亲都向下注视了。四面眼光之中，它仍是怡然地不走，灯影下照见它很小很小，浅灰色的嫩毛，灵便的小身体，一双闪烁的明亮的小眼睛。

小朋友们，请容我忏悔！一刹那顷我神经错乱地俯将下去，端着手里的书，轻轻地将它盖上。——上帝！它竟然不走。隔着书页，我觉得它柔软的小身体，无抵抗地蜷伏在地上。

这完全出于我意料之外了！我按着它的手，方在微颤——母亲已连忙说："何苦来！这么驯良有趣的一个小活物……"话犹未了，小狗虎儿从帘外跳将进来，父亲也连忙说："快放手，虎儿要得着它了！"我又神经错乱地拿起书来，可恨呵！它仍是怡然地不动。——一声喜悦的微吼，虎儿已扑着它，不容我唤住，已衔着它从帘隙里又钻了出去。出到门外，只听得它在虎儿口里微弱凄苦地啾啾地叫了几声，此后便没有了声息。——前后不到一分钟，这温柔的小活物，使我心上飕地着了一箭！

我从惊惶中长吁了一口气。母亲慢慢也放下手里的书，抬头看着我说："我看它实在小得很，无机得很。否则一定跑了。初次出来觅食，不见回来，它母亲在窝里，不定怎样的想望呢。"

小朋友，我堕落了，我实在堕落了！我若是和你们一般年纪的时候，听得这话，一定要慢慢地挪过去，突然地扑在母亲怀中痛哭。然而我那时……小朋友们恕我！我只装作不介意地笑了一笑。

安息的时候到了，我回到卧室里去。勉强的笑，增加了我的罪孽，我徘徊了半天，心里不知怎样才好——我没有换衣服，只倚在床沿，伏在枕上，在这种状态之下，静默了有十五分钟——我至终流下泪来。

至今已是一年多了，有时读书至夜深，再看见有鼠子出来，我总觉得忧愧，几乎要避开。我总想是那只小鼠的母亲，含着伤心之泪，夜夜出来找它，要带它回去。

不但这个，看见虎儿时想起，夜坐时也想起，这印象在我心中时时作痛。有一次禁受不住，便对一个成人的朋友，说了出来；我拼着受她一场责备，好减除我些痛苦。不想她却失笑着说："你真是越来越孩子气了，针尖大的事，也值得说说！"她漠然的笑容，竟将我以下的话，拦了回去。从那时起，我灰心绝望，我没有向第二个成人，再提起这针尖大的事！

我小时曾为一头折足的蟋蟀流泪，为一只受伤的黄雀呜咽；我小时明白一切生命，在造物者眼中是一般大小的；我小时未曾做过不仁爱的事情，但如今堕落了……

今天都在你们面前陈诉承认了，严正的小朋友，请你们裁判罢！

冰　心

1923年7月28日，北京

通讯六

小朋友：

你们读到这封信时，我已离开了可爱的海棠叶形的祖国，在太平洋舟中了。我今日心厌凄恋的言词，再不说什么话，来撩乱你们简单的意绪。

小朋友，我有一个建议："儿童世界"栏，是为儿童辟的，原当是儿童写给儿童看的。我们正不妨得寸进寸，得尺进尺的，竭力占领这方土地。有什么可喜乐的事情，不妨说出来，让天下小孩子一同笑笑；有什么可悲哀的事情，也不妨说出来，让天下小孩子陪着哭哭。只管坦然公然的，大人前无须畏缩。——小朋友，这是我们积蓄的秘密，容我们低声匿笑的说罢！大人的思想，竟是极高深奥妙的，不是我们所能以测度的。不知道为什么，他们的是非，往往和我们的颠倒。往往我们所以为刺心刻骨的，他们却雍容谈笑的不理；我们所以为是渺小无关的，他们却以为是惊天动地的事功。比如说罢，开炮打仗，死了伤了几万几千的人，血肉模糊的卧在地上。我们不必看见，只要听人说了，就要心悸，夜里要睡不着，或是说呓语的；他们却不但不在意，而且很喜欢操纵这些事。又如我们觉得老大的中国，不拘谁做总统，只要他老老实实，治抚得大家平平安安的，不妨碍我们的游戏，我们就心满意足了；而大人们却奔走辛苦的谈论这件事，他举他，他推他，乱个不了，比我们玩耍时举"小人王"还难。总而言之，他们的事，我们不敢管，也不会管；我们的事，他们竟是不屑管。所以我们大可畅胆的谈谈笑笑，不必怕他们笑话。——我的话完了，请小朋友拍手赞成！

　　我这一方面呢？除了一星期后，或者能从日本寄回信来之外，往后两个月中，因为道远信件迟滞的关系，恐怕不能有什么消息。秋风渐凉，最宜书写，望你们努力！

　　在上海还有许多有意思的事，要报告给你们，可惜我太忙，大约要留着在船上，对着大海，慢慢地写，请等待着。

　　小朋友！明天午后，真个别离了！愿上帝无私照临的爱光，永远包围着我们，永远温慰着我们。

　　别了，别了，最后的一句话，愿大家努力做个好孩子！

冰　心

1923年8月16日，上海

通讯七

亲爱的小朋友：

八月十七的下午，约克逊号邮船无数的窗眼里，飞出五色飘扬的纸带，远远地抛到岸上，任凭送别的人牵住的时候，我的心是如何的飞扬而凄恻！

痴绝的无数的送别者，在最远的江岸，仅仅牵着这终于断绝的纸条儿，放这庞然大物，载着最重的离愁，飘然西去！

船上生活，是如何的清新而活泼。除了三餐外，只是随意游戏散步。海上的头三日，我竟完全回到小孩子的境地中去了，套圈子，抛沙袋，乐此不疲，过后又绝然不玩了。后来自己回想很奇怪，无他，海唤起了我童年的回忆，海波声中，童心和游伴都跳跃到我脑中来。我十分的恨这次舟中没有几个小孩子，使我童心来复的三天中，有无猜畅好的游戏！

我自少住在海滨，却没有看见过海平如镜。这次出了吴淞口，一天的航程，一望无际尽是粼粼的微波。凉风习习，舟如在冰上行。到过了高丽界，海水竟似湖光。蓝极绿极，凝成一片。斜阳的金光，长蛇般自天边直接到阑旁人立处。上自穹苍，下至船前的水，自浅红至于深翠，幻成几十色，一层层，一片片的漾开了来。……小朋友，恨我不能画，文字竟是世界上最无用的东西，写不出这空灵的妙景！

八月十八夜，正是双星渡河之夕。晚餐后独倚阑旁，凉风吹衣。银河一片星光，照到深黑的海上。远远听得楼阑下人声笑语，忽然感到家乡渐远。繁星闪烁着，海波吟啸着，凝立悄然，只有惆怅。

十九日黄昏，已近神户，两岸青山，不时的有渔舟往来。日本的小山多半是圆扁的，大家说笑，便道是"馒头山"。这馒头山沿途点缀，直到夜里，远望灯光灿然，已抵神户。船徐徐停住，便有许多人上岸去。我因太晚，只自己又到最高层上，初次看见这般璀璨的世界，天上微月的光，和星光，岸上的灯光，无声相映。不时的还有一串光明从山上横飞过，想是火车周行。……舟中寂然，今夜没有海潮音，静极心绪忽起："倘若此时母亲也在这里……"我极清晰的忆起北京来，小朋友，恕我，不能往下再写了。

冰　心
1923 年 8 月 20 日，神户

朝阳下转过一碧无际的草坡，穿过深林，已觉得湖上风来，湖波不是昨夜欲睡如醉的样子了。——悄然地坐在湖岸上，伸开纸，拿起笔，抬起头来，四围红叶中，四面水声里，我要开始写信给我久违的小朋友。小朋友猜我的心情是怎样的呢？

水面闪烁着点点的银光，对岸意大利花园里亭亭层列的松树，都证明我已在万里外。小朋友，到此已逾一月了，便是在日本也未曾寄过一字，说是对不起呢，我又不愿！

我平时写作，喜在人静的时候。船上却处处是公共的地方，舱面阑边，人人可以来到。海景极好，心胸却难得清平。我只能在晨间绝早，船面无人时，随意写几个字，堆积至今，总不能整理，也不愿草草整理，便迟延到了今日。我是尊重小朋友的，想小朋友也能尊重原谅我！

许多话不知从哪里说起，而一声声打击湖岸的微波，一层层的没上杂立的潮石，直到我蔽膝的毡边来，似乎要求我将她介绍给我的小朋友。小朋友，我真不知如何地形容介绍她！她现在横在我的眼前。湖上的月明和落日，湖上的浓阴和微雨，我都见过了，真是仪态万千。小朋友，我的亲爱的人都不在这里，便只有她——海的

女儿，能慰安我了。Lake Waban，谐音会意，我便唤她做"慰冰"。每日黄昏的游泛，舟轻如羽，水柔如不胜桨。岸上四围的树叶，绿的，红的，黄的，白的，一丛一丛的倒影到水中来，覆盖了半湖秋水。夕阳下极其艳冶，极其柔媚。将落的金光，到了树梢，散在湖面。我在湖上光雾中，低低地嘱咐她，带我的爱和慰安，一同和她到远东去。

小朋友！海上半月，湖上也过半月了，若问我爱哪一个更甚，这却难说。——海好像我的母亲，湖是我的朋友。我和海亲近在童年，和湖亲近是现在。海是深阔无际，不着一字，她的爱是神秘而伟大的，我对她的爱是归心低首的。湖是红叶绿枝，有许多衬托，她的爱是温和妩媚的，我对她的爱是清淡相照的。这也许太抽象，然而我没有别的话来形容了！

小朋友，两月之别，你们自己写了多少，母亲怀中的乐趣，可以说来让我听听么？——这便算是沿途书信的小序，此后仍将那写好的信，按序寄上，日月和地方，都因其旧，"弱游"的我，如何自太平洋西岸的上海绕到大西洋西岸的波士顿来，这些信中说得很清楚，请在那里看罢！

不知这几百个字，何时方达到你们那里，世界真是太大了！

冰　心

1923 年 10 月 14 日，慰冰湖畔，威尔斯利

通讯八

亲爱的弟弟们：

波士顿一天一天地下着秋雨，好像永没有开晴的日子。落叶红

的黄的堆积在小径上,有一寸来厚,踏下去又湿又软。湖畔是少去的了,然而还是一天一遭。很长很静的道上,自己走着,听着雨点打在伞上的声音。有时自笑不知这般独往独来,冒雨迎风,是何目的!走到了,石矶上,树根上,都是湿的,没有坐处,只能站立一会,望着濛濛的雾。湖水白极淡极,四围湖岸的树,都隐没不见,看不出湖的大小,倒觉得神秘。

回来已是天晚,放下绿帘,开了灯,看中国诗词,和新寄来的晨报副镌,看到亲切处,竟然忘却身在异国。听得敲门,一声"请进",回头却是金发蓝睛的女孩子,笑颊粲然地立于明灯之下,常常使我猛觉,笑而吁气!

正不知北京怎样,中国又怎样了?怎么在国内的时候,不曾这样的关心?——前几天早晨,在湖边石上读华兹华斯(Wordsworth)的一首诗,题目是《我在不相识的人中间旅行》:

I Travelled Among Unknown Men

I travelled among unknown men,
　In land beyond the sea,
Nor, England! did I know till then
　What love l bore to thee.

大意是:

直至到了海外,
　在不相认的人中间旅行;
英格兰!我才知道我付与你的
　是何等样的爱。

读此使我恍然如有所得，又怅然如有所失。是呵，不相识的！湖畔归来，远远几簇楼窗的灯火，繁星般的灿烂，但不曾与我以丝毫慰藉的光气！

　　想起北京城里此时街上正听着卖葡萄，卖枣的声音呢！我真是不堪，在家时黄昏睡起，秋风中听此，往往凄动不宁。有一次似乎是星期日的下午，你们都到安定门外泛舟去了，我自己廊上凝坐，秋风侵衣。一声声卖枣声墙外传来，觉得十分黯淡无趣。正不解为何这般寂寞，忽然你们的笑语喧哗也从墙外传来，我的惆怅，立时消散。自那时起，我承认你们是我的快乐和慰安，我也明白只要人心中有了春气，秋风是不会引人愁思的。但那时却不曾说与你们知道。今日偶然又想起来，这里虽没有卖葡萄甜枣的声响，而窗外风雨交加。——为着人生，不得不别离，却又禁不起别离，你们何以慰我？……一天两次，带着钥匙，忧喜参半的下楼到信橱前去，隔着玻璃，看不见一张白纸。又近看了看，实在没有。无精打采的挪上楼来，不止一次了！明知万里路，不能天天有信，而这两次终不肯不走，你们何以慰我？

　　夜渐长了，正是读书的好时候，愿隔着地球，和你们一同勉励着在晚餐后一定的时刻用功。只恐我在灯下时，你们却在课室里——回家千万常在母亲跟前！这种光阴是贵过黄金的，不要轻轻抛掷过去，要知道海外的姊妹，是如何的羡慕你们！——往常在家里，夜中写字看书，只管漫无限制，横竖到了休息时间，父亲或母亲就会来催促的，搁笔一笑，觉得乐极。如今到了夜深人倦的时候，只能无聊的自己收拾收拾，去做那还乡的梦。弟弟！想着我，更应当尽量消受你们眼前欢愉的生活。

　　菊花上市，父亲又忙了，今年种得多不多？我案头只有水仙花，还没有开，总是含苞，总是希望，当常引起我的喜悦。

快到晚餐的时候了。美国的女孩子，真爱打扮，尤其是夜间。第一遍钟响，就忙着穿衣敷粉，纷纷晚妆。夜夜晚餐桌上，个个花枝招展的。"巧笑倩兮，美目盼兮，彼美人兮，西方之人兮。"我曾戏译这四句诗给她们听。攒三聚五的凝神向我，听罢相顾，无不欢笑。

不多说什么了，只有"珍重"二字，愿彼此牢牢守着！

冰　心
1923 年 10 月 24 日夜，闭璧楼

倘若你们愿意，不妨将这封信分给我们的小朋友看看。途中书信，正在整理，一两天内，不见得能写寄。将此塞责，也是慰情聊胜无呵！又书。

通讯九

这是我姊姊由病院寄给父亲的一封信，描写她病中的生活和感想，真是比日记还详。我想她病了，一定不能常写信给"儿童世界"的小读者。也一定有许多的小读者，希望得着她的消息。所以我请于父亲，将她这封信发表。父亲允许了，我就略加声明当作小引，想姊姊不至责我多事？

1924 年 1 月 22 日，冰仲，北京交大

亲爱的父亲：

我不愿告诉我的恩慈的父亲，我现在是在病院里；然而尤不愿

有我的任一件事，隐瞒着不叫父亲知道！横竖信到日，我一定已经痊愈，病中的经过，正不妨作记事看。

自然又是旧病了，这病是从母亲来的。我病中没有分毫不适，我只感谢上苍，使母亲和我的体质上，有这样不模糊的连结。血赤是我们的心，是我们的爱，我爱母亲，也并爱了我的病！

前两天的夜里——病院中没有日月，我也想不起来——S女士请我去晚餐。在她小小的书室里。灭了灯，燃着闪闪的烛，对着熊熊的壁炉的柴火，谈着东方人的故事。——一回头我看见一轮淡黄的月，从窗外正照着我们；上下两片轻绡似的白云，将她托住。S女士也回头惊喜赞叹，匆匆地饮了咖啡，披上外衣，一同走了出去。——原来不仅月光如水，疏星也在天河边闪烁。

她指点给我看：那边是织女，那个是牵牛，还有仙女星，猎户星，孪生的兄弟星，王后星，末后她悄然地微笑说："这些星星方位和名字，我一一牢牢记住。到我衰老不能行走的时候，我卧在床上，看着流星从我窗外度过，那时便也和同老友相见一般的喜悦。"她说着起了微喟。月光照着她飘扬的银白的发，我已经微微地起了感触：如何的凄清又带着诗意的句子呵！

我问她如何会认得这些星辰的名字，她说是因为她的弟弟是航海家的缘故，这时父亲已横上我的心头了！

记否去年的一个冬夜，我同母亲夜坐，父亲回来的很晚。我迎着走进中门，朔风中父亲带我立在院里，也指点给我看：这边是天狗，那边是北斗，那边是箕星。那时我觉得父亲的智慧是无限的，知道天空缥缈之中，一切微妙的事，——又是一年了！

月光中S女士送我回去，上下的曲径上，缓缓地走着。我心中悄然不怡——半夜便病了。

早晨还起来，早餐后又卧下。午后还上了一课，课后走了出来，天气好似早春，慰冰湖波光荡漾。我慢慢地走到湖旁，临流坐下，觉得弱又无聊。晚霞和湖波的细响，勉强振起我的精神来，黄昏时才回去。夜里九时，她们发觉了，立时送我入了病院。

医院是在小山上学校的范围之中，夜中到来看不真切。医生和看护妇在灯光下注视着我的微微的笑容，使我感到一种无名的感觉。——一夜很好，安睡到了天晓。

早晨绝早，看护妇抱着一大束黄色的雏菊，是闭壁楼同学送来的。我忽然下泪忆起在国内病时床前的花了，——这是第一次。

这一天中睡的时候最多，但是花和信，不断的来，不多时便屋里满了清香。玫瑰也有，菊花也有，还有许多不知名的。每封信都很有趣味，但信末的名字我多半不认识。因为同学多了，只认得面庞，名字实在难记！

我情愿在这里病，饮食很精良，调理的又细心。我一切不必自己劳神，连头都是人家替我梳的。我的床一日推移几次，早晨便推近窗前。外望看见礼拜堂红色的屋顶和塔尖，看见图书馆，更隐隐的看见了慰冰湖对岸秋叶落尽，楼台也露了出来。近窗有一株很高的树，不知道是什么名字。昨日早上，我看见一只红头花翎的啄木鸟，在枝上站着，好一会才飞走。又看见一头很小的松鼠，在上面往来跳跃。

从看护妇递给我的信中，知道许多师长同学来看我，都被医生拒绝了。我自此便闭居在这小楼里，——这屋里清雅绝尘，有加无已的花，把我围将起来。我神志很清明，却又混饨，一切感想都不起，只停在"臣门如市，臣心如水"的状态之中。

何从说起呢？不时听得电话的铃声响：

"……医院……她么？……很重要……不许接见……眠食极好，最要的是静养，……书等明天送来罢，……花和短信是可以的……"

差不多都是一样的话，我倚枕模糊可以听见。猛忆起今夏病的时候，电话也一样的响，冰仲弟说：

"姊姊么——好多了，谢谢！"

觉得我真是多事，到处叫人家替我忙碌——这一天在半醒半睡中度过。

第二天头一句问看护妇的话，便是"今天许我写字么？"她笑说："可以的，但不要写的太长。"我喜出望外，第一封便写给家里，报告我平安。不是我想隐瞒，因不知从哪里说起。第二封便给了闭璧楼九十六个"西方之人兮"的女孩子。我说：

"感谢你们的信和花带来的爱！——我卧在床上，用悠暇的目光，远远看着湖水，看着天空。偶然也看见草地上，图书馆，礼堂门口进出的你们。我如何的幸福呢？没有那几十页的诗，当功课的读。没有晨兴钟，促我起来。我闲闲地背着诗句，看日影渐淡，夜中星辰当着我的窗户；如不是因为想你们，我真不想回去了！"

信和花仍是不断的来。黄昏时看护妇进来，四顾室中，她笑着说："这屋里成了花窖了。"我喜悦地也报以一笑。

我素来是不大喜欢菊花的香气的，竟不知她和着玫瑰花香拂到我的脸上时，会这样的甜美而浓烈！——这时趁了我的心愿了！日长昼永，万籁无声。一室之内，惟有花与我。在天然的禁令之中，杜门谢客，过我的清闲回忆的光阴。

把往事一一提起，无一不使我生美满的微笑。我感谢上苍：过去的二十年中，使我一无遗憾，只有这次的别离，忆起有些儿惊心！

B夫人早晨从波士顿赶来，只有她闯入这清严的禁地里。医生只许她说，不许我说。她双眼含泪，苍白无主的面颜对着我，说："本想我们有一个最快乐的感恩节……然而不要紧的，等你好了，我们另有一个……"

我握着她的手，沉静地不说一句话。等她放好了花，频频回顾地出去之后，望着那"母爱"的后影，我潸然泪下——这是第二次。

夜中绝好，是最难忘之一夜。在众香国中，花气氤氲。我请看护妇将两盏明灯都开了，灯光下，床边四围，浅绿浓红，争妍斗媚，如低眉，如含笑。窗外严净的天空里，疏星炯炯，枯枝在微风中，颤摇有声。我凝然肃然，此时此心可朝天帝！

猛忆起两句：

> 消受白莲花世界，
> 风来闪面卧中央。

这福是不能多消受的！果然，看护妇微笑地进来，开了窗，放下帘子，挪好了床，便一瓶一瓶地都抱了出去，回头含笑对我说："太香了，于你不宜，而且夜中这屋里太冷。"——我只得笑着点首，然终留下了一瓶玫瑰，放在窗台上。在黑暗中，她似乎知道现在独有她慰藉我，便一夜的温香不断——

"花怕冷，我便不怕冷么？"我因失望起了疑问，转念我原是不应怕冷的，便又寂然心喜。

日间多眠，夜里便十分清醒。到了连书都不许看时，才知道能背诵诗句的好处，几次听见车声隆隆走过，我忆起：

> 水调歌从邻院度，
> 雷声车是梦中过。

朋友们送来一本书，是

Student's Book or Inspiration

内中有一段恍惚说：

"世界上最难忘的是自然之美，……有人能增加些美到世上去，这人便是天之骄子。"

真的,最难忘的是自然之美!今日黄昏时,窗外的慰冰湖,银海一般的闪烁,意态何等清寒?秋风中的枯枝,丛立在湖岸上,何等疏远?秋云又是如何的幻丽?这广场上忽阴忽晴,我病中的心情,又是何等的飘忽无着?

沉黑中仍是满了花香,又忆起:

> 到死未消兰气息,
> 他生宜护玉精神!

父亲!这两句我不应写了出来,或者会使你生无谓的难过。但我欲其真,当时实是这样忽然忆起来的。

没有这般的孤立过,连朋友都隔绝了,但读信又是怎样的有趣呢?

一个美国朋友写着:

"从村里回来,到你屋去,竟是空空。我几乎哭了出来!看见你相片立在桌上,我也难过。告诉我,有什么我能替你做的事情,我十分乐意听你的命令!"

又一个写着说:

"感恩节近了,快康健起来罢!大家都想你,你长在我们的心里!"

但一个日本的朋友写着:

"生命是无定的,人们有时虽觉得很近,实际上却是很远。你和我隔绝了,但我觉得你是常常近着我!"

中国朋友说:

"今天怎么样,要看什么中国书么?"

都只寥寥数字，竟可见出国民性——一夜从杂乱的思想中度过。清早的时候，扫除橡叶的马车声，碾破晓静。我又忆起：

> 马蹄隐隐声隆隆，
> 入门下马气如虹。

底下自然又连带到：

> 我今垂翅负天鸿，
> 他日不羞蛇作龙！

这时天色便大明了。

今天是感恩节，窗外的树枝都结上严霜，晨光熹微，湖波也凝而不流，做出初冬天气。——今天草场上断绝人行，个个都回家过节去了。美国的感恩节如同我们的中秋节一般，是家族聚会的日子。

父亲！我不敢说是"每逢佳节倍思亲"，因为感恩节在我心中，并没有什么甚深的观念。然而病中心情，今日是很惆怅的。花影在壁，花香在衣。濛濛的朝霭中，我默望窗外，万物无语，我不禁泪下。——这是第三次。

幸而我素来是不喜热闹的。每逢佳节，就想到幽静的地方去。今年此日避到这小楼里，也是清福。昨天偶然忆起辛幼安的《青玉案》：

> 众里寻他千百度——
> 蓦然回首，
> 　那人却在
> 　　灯火阑珊处。

我随手便记在一本书上，并附了几个字：

"明天是感恩节，人家都寻欢乐去了，我却闭居在这小楼里。然而忆到这孤芳自赏，别有怀抱的句子，又不禁喜悦地笑了。"

花香缠绕笔端，终日寂然。我这封信时作时辍，也用了一天工夫。医生替我回绝了许多朋友，我恍惚听见她电话里说："她今天看着中国的诗，很平静，很喜悦！"

我便笑了，我昨天倒是看诗，今天却是拿书遮着我的信纸。父亲！我又淘气了！

看护妇的严净的白衣，忽然现在我的床前。她又送一束花来给我——同时她发觉了我写了许多，笑着便来禁止，我无法奈她何。——她走了，她实是一个最可爱的女子，当她在屋里踥蹀之顷，无端有"身长玉立"四字浮上脑海。

当父亲读到这封信时，我已生龙活虎般在雪中游戏了，不要以我置念罢！——寄我的爱与家中一切的人！我记念着他们每一个！

这回真不写了，——父亲记否我少时的一夜，黑暗里跑到山上的旗台上去找父亲，一星灯火里，我们在山上下彼此唤着。我一忆起，心中就充满了爱感。如今是隔着我们挚爱的海洋呼唤着了！亲爱的父亲，再谈罢，也许明天我又写信给你！

女儿莹倚枕
1923 年 11 月 29 日

通讯十

亲爱的小朋友：

我常喜欢挨坐在母亲的旁边，挽住她的衣袖，央求她述说我幼年的事。

母亲凝想地，含笑地，低低地说：

"不过有三个月罢了，偏已是这般多病。听见端药杯的人的脚步声，已知道惊怕啼哭。许多人围在床前，乞怜的眼光，不望着别人，只向着我，似乎已经从人群里认识了你的母亲！"

这时眼泪已湿了我们两个人的眼角！

"你的弥月到了，穿着舅母送的水红绸子的衣服，戴着青缎沿边的大红帽子，抱出到厅堂前。因看你丰满红润的面庞，使我在姊妹妯娌群中，起了骄傲。

"只有七个月，我们都在海舟上，我抱你站在阑旁。海波声中，你已会呼唤'妈妈'和'姊姊'。"

对于这件事，父亲和母亲还不时的起争论。父亲说世上没有七个月会说话的孩子。母亲坚执说是的。在我们家庭历史中，这事至今是件疑案。

"浓睡之中猛然听得丐妇求乞的声音，以为母亲已被她们带去了。冷汗被面的惊坐起来，脸和唇都青了，呜咽不能成声。我从后屋连忙进来，珍重的揽住，经过了无数的解释和安慰。自此后，便是睡着，我也不敢轻易的离开你的床前。"

这一节，我仿佛记得，我听时写时都重新起了呜咽！

"有一次你病得重极了。地上铺着席子，我抱着你在上面膝行。正是暑月，你父亲又不在家。你断断续续说的几句话，都不是三岁的孩子所能够说的。因着你奇异的智慧,增加了我无名的恐怖。我打电报给你父亲,说我身体和灵魂上都已不能再支持。忽然一阵大风雨,深忧的我,重病的你,和你疲乏的乳母,都沉沉地睡了一大觉。这一番风雨,把你又从死神的怀抱里,接了过来。"

我不信我智慧,我又信我智慧!母亲以智慧的眼光,看万物都是智慧的,何况她的唯一挚爱的女儿?

"头发又短,又没有一刻肯安静。早晨这左右两个小辫子,总是梳不起来。没有法子,父亲就来帮忙:'站好了,站好了,要照相了!'父亲拿着照相匣子,假作照着。又短又粗的两个小辫子,好容易天天这样的将就的编好了。"

我奇怪我竟不懂得向父亲索要我每天照的相片!

"陈妈的女儿宝姐,是你的好朋友。她来了,我就关你们两个人在屋里,我自己睡午觉。等我醒来,一切的玩具,小人小马,都当做船,飘浮在脸盆的水里,地上已是水汪汪的。"

宝姐是我一个神秘的朋友,我自始至终不记得,不认识她。然而从母亲口里,我深深地爱了她。

"已经三岁了,或者快四岁了。父亲带你到他的兵舰上去,大家匆匆的替你换上衣服。你自己不知什么时候把一只小木鹿,放在小靴子里。到船上只要父亲抱着,自己一步也不肯走。放到地上走时,只有一跛一跛的。大家奇怪了,脱下靴子,发现了小木鹿。父亲和他的许多朋友都笑了。——傻孩子!你怎么不会说?"

母亲笑了,我也伏在她的膝上羞愧的笑了。——回想起来,她的质问,和我的羞愧,都是一点理由没有的。十几年前事,提起当面前事说,真是无谓。然而那时我们中间弥漫了痴和爱!

"你最怕我凝神,我至今不知是什么缘故。每逢我凝望窗外,或是稍微地呆了一呆,你就过来呼唤我,摇撼我,说:'妈妈,你的眼睛怎么不动了?'我有时喜欢你来抱住我,便故意的凝神不动。"

我自己也不知道是什么缘故。也许母亲凝神，多是忧愁的时候，我要搅乱她的思路，也未可知。——无论如何，这是个隐谜！

"然而你自己却也喜凝神。天天吃着饭，呆呆的望着壁上的字画，桌上的钟和花瓶，一碗饭数米粒似的，吃了好几点钟。我急了，便把一切都挪移开。"

这件事我记得，而且很清楚，因为独坐沉思的脾气至今不改。

当她说这些事的时候，我总是脸上堆着笑，眼里满了泪，听完了用她的衣袖来印我的眼角，静静地伏在她的膝上。这时宇宙已经没有了，只母亲和我，最后我也没有了，只有母亲；因为我本是她的一部分！

这是如何可惊喜的事，从母亲口中，逐渐地发现了，完成了我自己！她从最初已知道我，认识我，喜爱我，在我不知道不承认世界上有个我的时候，她已爱了我了。我从三岁上，才慢慢地在宇宙中寻找到了自己，爱了自己，认识了自己；然而我所知道的自己，不过是母亲意念中的百分之一，千万分之一。

小朋友！当你寻见了世界上有一个人，认识你，知道你，爱你，都千百倍的胜过你自己的时候，你怎能不感激，不流泪，不死心塌地的爱她，而且死心塌地的容她爱你？

有一次，幼小的我，忽然走到母亲面前，仰着脸问说："妈妈，你到底为什么爱我？"母亲放下针线，用她的面颊，抵住我的前额，温柔地，不迟疑地说："不为什么，——只因你是我的女儿！"

小朋友！我不信世界上还有人能说这句话！"不为什么"这四个字，从她口里说出来，何等刚决，何等无回旋！她爱我，不是因为我是"冰心"，或是其他人世间的一切虚伪的称呼和名字！她的爱是不附带任何条件的，唯一的理由，就是我是她的女儿。总之，她的爱，是摒除一切，拂拭一切，层层的麾开我前后左右所蒙罩的，使我成为"今我"的原素，而直接的来爱我的自身！

假使我走至幕后，将我二十年的历史和一切都更变了，再走出到她面前，世界上纵没有一个人认识我，只要我仍是她的女儿，她就仍用她坚强无尽的爱来包围我。她爱我的肉体，她爱我的灵魂，她爱我前后左右，过去，将来，现在的一切！

天上的星辰，骤雨般落在大海上，嗤嗤繁响。海波如山一般的汹涌，一切楼层都在地上旋转，天如同一张蓝纸卷了起来。树叶子满空飞舞，鸟儿归巢，走兽躲到它的洞穴。万象纷乱中，只要我能寻到她，投到她的怀里……天地一切都信她！她对于我的爱，不因着万物毁灭而更变！

她的爱不但包围我，而且普遍的包围着一切爱我的人；而且因着爱我，她也爱了天下的儿女，她更爱了天下的母亲。小朋友！告诉你一句小孩子以为是极浅显，而大人们以为是极高深的话，"世界便是这样的建造起来的！"

世界上没有两件事物，是完全相同的，同在你头上的两根发丝，也不能一般长短。然而——请小朋友们和我同声赞美！只有普天下的母亲的爱，或隐或显，或出或没，不论你用斗量，用尺量，或是用心灵的度量衡来推测；我的母亲对于我，你的母亲对于你，她的和他的母亲对于她和他；她们的爱是一般的长阔高深，分毫都不差减。小朋友！我敢说，也敢信古往今来，没有一个敢来驳我这句话。当我发觉了这神圣的秘密的时候，我竟欢喜感动得伏案痛哭！

我的心潮，沸涌到最高度，我知道于我的病体是不相宜的，而且我更知道我所写的都不出乎你们的智慧范围之外。——窗外正是下着紧一阵慢一阵的秋雨，玫瑰花的香气，也正无声地赞美她们的"自然母亲"的爱！

我现在不在母亲的身畔，——但我知道她的爱没有一刻离开我，她自己也如此说！——暂时无从再打听关于我的幼年的消息；然而我会写信给我的母亲。我说："亲爱的母亲，请你将我所不知道的关于我的事,随时记下寄来给我。我现在正是考古家一般的,要从深知我的你口中,研究我神秘的自己。"

被上帝祝福的小朋友!你们正在母亲的怀里。——小朋友!我教给你,你看完了这一封信,放下报纸,就快快跑去找你的母亲——若是她出去了,就去坐在门槛上,静静地等她回来——不论在屋里或是院中,把她寻见了,你便上去攀住她,左右亲她的脸,你说:"母亲!若是你有工夫,请你将我小时候的事情,说给我听!"等她坐下了,你便坐在她的膝上,倚在她的胸前,你听得见她心脉和缓的跳动,你仰着脸,会有无数关于你的,你所不知道的美妙的故事,从她口里天乐一般的唱将出来!

然后,——小朋友!我愿你告诉我,她对你所说的都是什么事。

我现在正病着,没有母亲坐在旁边,小朋友一定怜念我,然而我有说不尽的感谢!造物者将我交付给我母亲的时候,竟赋予了我以记忆的心才,现在又从忙碌的课程中替我匀出七日夜来,回想母亲的爱。我病中光阴,因着这回想,寸寸都是甜蜜的。

小朋友,再读罢,致我的爱与你们的母亲!

你的朋友　冰　心

1923 年 12 月 5 日晨,圣卜生疗养院,威尔斯利

通讯十二

小朋友:

满廊的雪光,开读了母亲的来信,依然不能忍的流下几滴泪。——四围山上的层层的松枝,载着白绒般的很厚的雪,沉沉下垂。不时的掉下一两片手掌大的雪块,无声的堆在雪地上。小松呵!你受造物者的滋润是过重了!我这过分的被爱的心,又将何处去交卸!

小朋友，可怪我告诉过你们许多事，竟不曾将我的母亲介绍给你。——她是这么一个母亲：她的话句句使做儿女的人动心，她的字，一点一划都使做儿女的人下泪！

我每次得她的信，都不曾预想到有什么感触的，而往往读到中间，至少有一两句使我心酸泪落。这样深浓，这般诚挚，开天辟地的爱情呵！愿普天下一切有知，都来颂赞！

以下节录母亲信内的话，小朋友，试当她是你自己的母亲，你和她相离万里，你读的时候，你心中觉得怎样？

> 我读你《寄母亲》的一首诗，我忍不住下泪，此后你多来信，我就安慰多了！
>
> 十月十八日

> 我心灵是和你相连的。不论在做什么事情，心中总是想起你来……
>
> 十月二十七日

> 我们是相依为命的。不论你在什么地方，做什么事情，你母亲的心魂，总绕在你的身旁，保护你抚抱你，使你安安稳稳一天一天的过去。
>
> 十一月九日

> 我每遇晚饭的时候，一出去看见你屋中电灯未熄，就仿佛你在屋里，未来吃饭似的，就想叫你，猛忆你不在家，我就很难过！
>
> 十一月二十二日

你的来信和相片，我差不多一天看了好几次，读了好几回。到夜中睡觉的时候，自然是梦魂飞越在你的身旁，你想做母亲的人，哪个不思念她的孩子？……

十一月二十八日

经过了几次的酸楚我忽发悲愿，愿世界上自始至终就没有我，永减母亲的思念。一转念纵使没有我，她还可有别的女孩子做她的女儿，她仍是一般的牵挂，不如世界上自始至终就没有母亲。——然而世界上古往今来百千万亿的母亲，又当如何？且我的母亲已经彻底的告诉我："做母亲的人，哪个不思念她的孩子！"

为此我透彻地觉悟，我死心塌地的肯定了我们居住的世界是极乐的。"母亲的爱"打千百转身，在世上幻出人和人，人和万物种种一切的互助和同情。这如火如荼的爱力，使这疲缓的人世，一步一步地移向光明！感谢上帝！经过了别离，我反复思寻印证，心潮几番动荡起落，自我和我的母亲，她的母亲，以及他的母亲接触之间，我深深地证实了我多年来的信仰，绝不是无意识的！

真的，小朋友！别离之前，我不曾懂得母亲的爱动人至此，使人一心一念，神魂奔赴……我不须多说，小朋友知道的比我更彻底。我只愿这一心一念，永住永存，尽我在世的光阴，来讴歌颂扬这神圣无边的爱！圣保罗在他的书信里说过一句石破天惊的话，是："我为这福音的奥秘，做了带锁链的使者。"一个使者，却是带着奥妙的爱的锁链的！小朋友，请你们监察我，催我自强不息的来奔赴这理想的最高的人格！

这封信不是专为介绍我母亲的自身，我要提醒的是"母亲"这两个字。谁无父母，谁非人子？母亲的爱，都是一般；而你们天真中的经验，却千百倍的清晰浓挚于我！母亲的爱，竟不能使我在人前有丝毫的得意和骄傲，因为普天下没有一个没有母亲的孩子。小朋友，谁道上天生人有厚薄？无贫富，无贵贱，造物者都预备一个母亲来爱他。又试问鸿濛初辟时，又哪里有贫富贵贱，这些人造的制度阶级？遂令当时人类在母亲的爱光之下，个个自由，个个平等！

你们有这个经验么？我往往有爱世上其他物事胜过母亲的时候。为着兄弟朋友，为着花鸟虫鱼，甚至于为着一本书一件衣服，和母亲违拗争执。当时只弄娇痴，就是母亲，也未曾介意。如今病榻上寸寸回想，使我有无限的惊悔。小朋友！为着我，你们自此留心，只有母亲是真爱你的。她的劝诫，句句有天大的理由。花鸟虫鱼的爱是暂时的，母亲的爱是永远的！

时至今日，我偶然觉悟到，因着母亲，使我承认了世间一切其他的爱，又冷淡了世间一切其他的爱。

青山雪霁，意态十分清冷。廊上无人，只不时的从楼下飞到一两声笑语，真是幽静极了。造物者的意旨，何等的深沉呵！把我从岁暮的尘嚣之中，提将出来，叫我在深山万静之中，来辗转思索。

说到我的病，本不是什么大症候，也就无所谓痊愈，现在只要慢慢的休息着。只是逃了几个月的学，其中也有幸有不幸。

这是一九二三年的末一日，小朋友，我祝你们进步。

冰 心

1923年12月31日，青山沙穰

通讯十三

亲爱的母亲：

这封信母亲看到时，不知是何情绪。——曾记得母亲有一女儿，在母亲身畔二十年，曾招母亲欢笑，也曾惹母亲烦恼。六个月前，她竟横海去了。她又病了，在沙穰休息着。这封信便是她写的。

如今她自己寂然的在灯下，听见楼下悠扬凄婉的音乐，和阑旁许多女孩子的笑声，她只不出去。她刚复了几封国内朋友的信，她忽然心绪潮涌，是她到沙穰以来，第一次的惊心。人家问她功课如何？圣诞节曾到华盛顿纽约否？她不知所答。光阴从她眼前飞过，她一事无成，自己病着玩。

她如结的心，不知交给谁慰安好。——她倦弱的腕，在碎纸上纵横写了无数的"算未抵人间离别！"直到写了满纸，她自己才猛然惊觉，也不知这句从何而来！

母亲呵！我不应如此说，我生命中只有"花"，和"光"，和"爱"；我生命中只有祝福，没有咒诅。——但些时的怅惘，也该觉着罢！些时的悲哀而平静的思潮，永在祝福中度生活的我，已支持不住。看！小舟在怒涛中颠簸，失措的舟，抱着樯竿，哀唤着"天妃"的慈号。我的心舟在起落万丈的思潮中震荡时，母亲！纵使你在万里外，写到"母亲"两个字在纸上时，我无主的心，已有了着落。

一月十日夜

昨夜写到此处，看护进来催我去睡。当时虽有无限的哀怨，而一面未尝不深幸有她来阻止我，否则尽着我往下写，不宁的思潮之中，不知要创造出怎样感伤的话来！

母亲！今日沙穰大风雨，天地为白，草木低头。晨五时我已觉得早霞不是一种明媚的颜色，惨绿怪红，凄厉得可怖！只有八时光景，风雨漫天而来，大家从廊上纷纷走进自己屋里，拼命地推着关上门窗。白茫茫里，群山都看不见了。急雨打进窗纱，直击着玻璃，从窗隙中溅进来。狂风循着屋脊流下，将水洞中积雨，吹得喷泉一般的飞洒。我的烦闷，都被这惊人的风雨，吹打散了。单调的生活之中，原应有个大破坏。——我又忽然想到此时如在约克逊舟上，太平洋里定有奇景可观。

我们的生活是太单调了，只天天随着钟声起卧休息。白日的生涯，还不如梦中热闹。松树的绿意总不改，四周山景就没有变迁了。我忽然恨松柏为何要冬青，否则到底也有个红白绿黄的更换点缀。

为着止水般无聊的生活，我更想弟弟们了！这里的女孩子，只低头刺绣。静极的时候，连针穿过布帛的声音都可以听见。我有时也绣着玩，但不以此为日课；我看点书，写点字，或是倚阑看村里的小孩子，在远处林外溜冰，或推小雪车。有一天静极忽发奇想，想买几挂大炮仗来放放，震一震这寂寂的深山，叫它发空前的回响。——这里，做梦也看不见炮仗。我总想得个发响的东西玩玩。我每每幻想有一管小手枪在手里，安上子弹，抬起枪来，一扳，砰的一声，从铁窗纱内穿将出去！要不然小汽枪也好……但这至终都是潜伏在我心中的幻梦。世界不是我一个人的，我不能任意的破坏沙穰一角的柔静与和平。

母亲！我童心已完全来复了。在这里最适意的，就是静悄悄地过个性的生活。人们不能随便来看，一定的时间和风雪的长途都限制了他们。于是我连一天两小时的无谓的周旋，有时都不必作。自己在门窗洞开，阳光满照的屋子里，或一角回廊上，三岁的孩子似的，一边忙忙地玩，一边呜呜地唱，有时对自己说些极痴骏的话。休息时间内，偶然睡不着，就自己轻轻地为自己唱催眠的歌。——一切都完全了，只没有母亲在我旁边！

一切思想，也都照着极小的孩子的径路奔放发展：每天卧在床上，看护把我从屋里推出廊外的时候，我仰视着她，心里就当她是我的乳母，这床是我的摇篮。我凝望天空，有三颗最明亮的星星。

轻淡的云，隐起一切的星辰的时候，只有这三颗依然吐着光芒。其中的一颗距那两颗稍远，我当他是我的大弟弟，因为他稍大些，能够独立了。那两颗紧挨着，是我的二弟弟和小弟弟，他两个还小一点，虽然自己奔走游玩，却时时注意到其他的一个，总不敢远远跑开，他们知道自己的弱小，常常是守望相助。

这三颗星总是第一班从暮色中出来，使我最先看见，也是末一班在晨曦中隐去，在众星之后，和我道声"暂别"；因此发起了我的爱怜系恋，便白天也能忆起他们来。起先我有意在星辰的书上，寻求出他们的名字，时至今日，我不想寻求了，我已替他们起了名字，他们的总名是"兄弟星"，他们各颗的名字，就是我的三个弟弟的名字。

小弟弟呵，
我灵魂里三颗光明喜乐的星。
温柔的，
　无可言说的，
　灵魂深处的孩子呵！

——《繁星》四

如今重忆起来，不知是说弟弟，还是说星星！——自此推想下去，静美的月亮，自然是母亲了。我半夜醒来，开眼看见她，高高的在天上，如同俯着看我，我就欣慰，我又安稳的在她的爱光中睡去。早晨勇敢的灿烂的太阳，自然是父亲了。他从对山的树梢，雍容尔雅的上来，他又温和又严肃地对我说："又是一天了！"我就欢欢喜喜地坐起来，披衣从廊上走到屋里去。

此外满天的星宿，那是我的一切亲爱的人。这样便同时爱了星星，也爱了许多姊妹朋友。——只有小孩子的思想是智慧的，我愿永远如此想；我也愿永远如此信！

窗外仍是狂风雨，我偶然忆起一首诗：题目是《小神秘家》是 Louis Untermeyer 做的，我录译于下；不知当年母亲和我坐守风雨的时候，我也曾说过这样如痴如慧的话没有？

The Young Mystic
We sat together close and warm,
　My little tired boy and I——
　Watching across the evening sky
The coming of the storm.
No rumblings rose, no thunders crashed,
　The west-wind scarcely sang loud;
　But from a huge and solid cloud
The summer lightning flashed,
And then he whispered "Father, watch;
　I think God's going to light his moon"——
　　"And when, my boy"——"Oh very soon：
1 saw him strike a match！"

大意是：

　　我的困倦的儿子和我——
　　　很暖和的相挨的坐着
　　　凝望着薄暮天空，
　　风雨正要来到。
　　没有隆隆的雷响，

西风也不着意的吹；
只在屯积的浓云中；
有电光闪烁。
这时他低声对我说："父亲，看看；
　　我想上帝要点上他的月亮了——"
　　"孩子，什么时候呢——""呀，快了：
我看见他划了取灯儿！"

风雨仍不止。山上的雪，雨打风吹，完全融化了。下午我还要写点别的文字，我在此停住了。母亲，这封信我想也转给小朋友们看一看，我每忆起他们，就觉得欠他们的债。途中通讯的碎稿，都在闭壁楼的空屋里锁着呢。她们正百计防止我写字，我不敢去向她们要。我素不轻许愿，无端破了一回例，遗我以日夜耿耿的心；然而为着小孩子，对于这次的许愿，我不曾有半星儿的追悔。只恨先忙后病的我对不起他们。——无限的乡心，与此信一齐收束起，母亲，真个不写了，海外山上养病的女儿，祝你万万福！

　　　　　　　　　　冰　心
　　　　　　　1924年1月11日，青山沙穰

通讯十四

我的小朋友：

　　黄昏睡起，闲走着绕到西边回廊上，看一个病的女孩子。站在她床前说着话儿的时候，抬头看见松梢上一星朗耀，她说："这是你今晚第一颗见到的星儿，对它祝说你的愿望罢！"——同时她低低地

度着一支小曲,是:

> *Star light*
> *Star bright*
> *First star I see tonight*
> *Wish I may*
> *Wish I might*
> *Have the wish I wish to might*

小朋友:这是一支极柔媚的儿歌。我不想翻译出来。因为童谣完全以音韵见长,一翻成中国字,念出来就不好听,大意也就是她对我说的那两句话。——倘若你们自己能念,或是姊姊哥哥,姑姑母亲,能教给你们念,也就更好。——她说到此,我略加思索,我合掌向天说:"我愿万里外的母亲,不太为平安快乐的我忧虑!"

扣计今天或明天,就是我母亲接到我报告抱病入山的信之日,不知大家如何商量谈论,长吁短叹;岂知无知无愁的我,正在此过起止水浮云的生活来了呢!

去年十二月十九日,我寄给国内朋友一封信,我说:"沙穰疗养病,冷冰冰如同雪洞一般。我又整天的必须在朔风里。你们围炉的人,怎知我正在冰天雪地中,与造化挣命!"如今想起,又觉得那话说得太无谓,太怨望了,未曾听见挣命有如今这般温柔的挣法!

生,老,病,死,是人生很重大而又不能避免的事。无论怎样高贵伟大的人,对此切己的事,也丝毫不能为力。这时节只能将自己当作第三者,旁立静听着造化的安排。小朋友,我凝神看着造化轻舒慧腕,来安排我的命运的时候,我忍不住失声赞叹他深思和玄妙。

往常一日几次匆匆走过慰冰湖,一边看晚霞,一边心里想着功课。偷闲划舟，抬头望一望滟滟的湖波，低头看滴答滴答消磨时间的手表，心灵中真是太苦了，然而万没有整天的放下正事来赏玩自然的道理。造物者明明在上，看出了我的隐情，眉头一皱，轻轻地赐与我一场病，这病乃是专以抛撇一切，游泛于自然海中为治疗的。

如今呢？过的是花的生活，生长于光天化日之下，微风细雨之中；过的是鸟的生活，游息于山巅水涯，寄身于上下左右空气环围的巢床里；过的是水的生活，自在地潺潺流走；过的是云的生活，随意的袅袅卷舒。几十页几百页绝妙的诗和诗话，拿起来流水般当功课读的时候，是没有的了。如今不再干那愚拙煞风景的事，如今便四行六行的小诗，也慢慢地拿起，反复吟诵，默然深思。

我爱听碎雪和微雨，我爱看明月和星辰，从前一切世俗的烦忧，占积了我的灵府。偶然一举目，偶然一倾耳，便忙忙又收回心来，没有一次任它奔放过。如今呢，我的心，我不知怎样形容它，它如蛾出茧，如鹰翔空……

碎雪和微雨在檐上，明月和星辰在阑旁，不看也得看，不听也得听，何况病中的我，应以它们为第二生命。病前的我，愿以它们为第二生命而不能的呢？

这故事的美妙，还不止此，——"一天还应在山上走几里路"，这句话从滑稽式的医士口中道出的时候，我不知应如何的欢呼赞美他！小朋友！漫游的生涯，从今开始了！

山后是森林仄径，曲曲折折的在日影掩映中引去，不知有多少远近。我只走到一端，有大岩石处为止。登在上面眺望，我看见满山高高下下的松树。每当我要缥缈深思的时候，我就走这一条路。独自低首行来，我听见干叶枯枝，槭槭楂楂在树颠相语。草上的薄冰，踏着沙沙有声，这时节，林影沉荫中，我凝然黯然，如有所戚。

山前是一层层的大山地，爽阔空旷，无边无限的满地朝阳。层场的尽处，就是一个大冰湖，环以小山高树，是此间小朋友们溜冰处。我最喜在湖上如飞的走过。每逢我要活泼天机的时候，我就走这一条路。我沐着微暖的阳光，在树根下坐地，举目望着无际的耀眼生花的银海。我想天地何其大，人类何其小。当归途中冰湖在我足下溜走的时候，清风过耳，我欣然超然，如有所得。

　　三年前的夏日在北京西山，曾写了一段小文字，我不十分记得了，大约是：

> 只有早晨的深谷中
> 可以和自然对话。
> 　　计划定了
> 　　　岩石点头
> 　　　草花欢笑。
> 造物者！
> 　　在我们星驰的前途
> 　　　路站上
> 再遥遥的安置下
> 几个早晨的深谷！

　　原来，造物者为我安置下的几个早晨的深谷，却在离北京数万里外的沙穰，我何其"无心"，造物者何其"有意"？——我还忆起，有"空谷足音"，和杜甫的"绝代有佳人，幽居在空谷"的一首诗，小朋友读过么？我翻来覆去的背诵，只忆得"绝代有佳人，幽居在空谷；自云良家子，零落依草木……摘花不插发，采柏动盈掬——天寒翠袖薄，日暮倚修竹。"这八句来。黄昏时又去了。那时想起的，有"前不见古人，后不见来者，念天地之悠悠，独怆然而涕下。"归途中又诵"云无心以出岫，鸟倦飞而知还。景翳翳以将入，抚孤松而盘桓。"小朋友，愿你们用心读古人书，他们常在一定的环境中，说出你心中要说的话！

春天已在云中微笑，将临到了。那时我更有温柔的消息，报告你们。我逐日远走开去，渐渐又发现了几处断桥流水。试想看，胸中无一事留滞，日日南北东西，试揭自然的帘幕，蹑足走入仙宫……

这样的病，这样的人生，小朋友，请为我感谢。我的生命中是只有祝福，没有咒诅！

安息的时候已到，卧看星辰去了。小朋友，我以无限欢喜的心，祝你们多福。

冰 心
1924年1月15日夜，沙穰

广厅上，四面绿帘低垂。几个女孩子，在一角窗前长椅上，低低笑语。一角话匣子里奏着轻婉的提琴。我在当中的方桌上，写这封信。一个女孩子坐在对面为我画像，她时时唤我抬头看她。我听一听提琴和人家的笑语，一面心潮缓缓流动，一面时时停笔凝神。写完时重读一遍，觉得太无次序了，前言不对后语的。然而的确是欢乐的心泉流过的痕迹，不复整理，即付晚邮。

通讯十五

仁慈的小朋友：

若是在你们天大的爱心里，还有空隙，我愿介绍几个可爱的女孩子，愿你们加以怜念！

M住在我的隔屋，是个天真烂漫又是完全神经质的女孩子。稍大的惊和喜,都能使她受极大的激刺和扰乱。她卧病已经四年半了,至今不见十分差减,往往刚觉得好些,夜间热度就又高起来,看完体温表,就听得她伏枕呜咽。她有个完全美满的家庭,却因病隔离了。——我的童心,完全是她引起的。她往往坐在床上自己喃喃的说:"我父亲爱我,我母亲爱我,我爱……"我就倾耳听她底下说什么,她却是说"我爱我自己"。我不觉笑了。她也笑了。她的娇憨凄苦的样子,得了许多女伴的爱怜。

R又在M的隔屋,她被一切人所爱,她也爱了一切的人。又非常的技巧,用针用笔,能做许多奇巧好玩的东西。这些日子,正跟着我学中国文字。我第一天教给她"天"、"地"、"人"三字。她说:"你们中国人太玄妙了,怎么初学就念这样高大的字,我们初学,只是'猫'、'狗'之类。"我笑了,又觉得她说的有理。她学得极快,口音清楚,写的字也很方正。此外医院中天气表是她测量,星期日礼拜是她弹琴,病人阅看的报纸,是她照管,图书室的钥匙,也在她手里。她短发齐颈,爱好天然,她住院已经六个月了。

E只有十八岁,昨天是她的生日。她没有父母,只有哥哥。十九个月前,她病得很重,送到此处。现在可谓好一点,但还是很瘦弱。她喜欢叫人"妈妈"或"姊姊"。她急切的想望人家的爱念和同情,却又能隐忍不露,常常在寂寞中竭力的使自己活泼欢悦。然而每次在医生注射之后,屋门开处,看见她埋首在高枕之中,宛转流涕——这样的华年!这样的人生!

D是个爱尔兰的女孩子,和我谈话之间常常问我的家庭状况,尤其常要提到我的父亲,我只是无心的回答。后来旁人告诉我,她的父亲纵酒狂放,醉后时时虐待他的儿女。她的家庭生活,非常的凄苦不幸。她因躲避父亲,和祖母住在一处,听到人家谈到亲爱时,往往流泪。昨天我得到家书,正好她在旁边,她似羡似叹地问道:"这是你父亲写的么,多么厚的一封信呵!"幸而她不认得中国字,我连忙说："不是，这是我母亲写的，我父亲很忙，不常写信给我。"她脸红微笑，又似释然。其实每次我的家书，都是父母弟弟每人几张纸！我以为人生最大的不幸，就是失爱于父母。我不能闭目推想，也不敢闭目揣想。可怜的带病而又心灵负着重伤的孩子！

Ａ住在院后一座小楼上，我先不常看见她。从那一次在餐室内偶然回首，无意中她顾我微微一笑，很长的睫毛之下，流着幽娴贞静的眼光，绝不是西方人的态度。出了餐室，我便访到她的名字和住处。那天晚上，在她的楼里，谈了半点钟的话，惊心于她的腼腆与温柔；谈到海景，她竟赠我一张灯塔的图画。她来院已将两年，据别人说没有什么起色。她终日卧在一角小廊上，廊前是曲径深林，廊后是小桥流水。她告诉我每遇狂风暴雨，看着凄清的环境，想到"人生"两字，辄惊动不已。我安慰她，她也感谢，然而彼此各有泪痕！

痛苦的人，岂止这几个！限于精神，我不能多述了！

今早黎明即醒。晓星微光，万松淡雾之中，我披衣起坐。举眼望到廊的尽处，我凝注着短床相接，雪白的枕上，梦中转侧的女孩子。只觉得奇愁黯黯，横空而来。生命中何必有爱，爱正是为这些人而有！这些痛苦的心灵，需要无限的同情与怜念。我一人究竟太微小了，仰祷上天之外，只能求助于万里外的纯洁伟大的小朋友！

小朋友！为着跟你们通讯，受了许多友人严峻的责问，责我不宜只以悱恻的思想，贡献你们。小朋友不宜多看这种文字，我也不宜多写这种文字。为小朋友和我两方精神上的快乐与安平，我对于他们的忠告，只有惭愧感谢。然而人生不止欢乐滑稽一方面，病患与别离，只是带着酸汁的快乐之果。沉静的悲哀里，含有无限的庄严。伟大的人生中，是需要这种成分的。范仲淹说："先天下之忧而忧。"佛说："我不入地狱，谁入地狱？"何况这一切本是组成人生的元素，耳闻，眼见，身经，早晚都要了解知道的，何必要隐瞒着可爱的小朋友？我偶然这半年来先经历了这些事，和小朋友说说，想来也不是过分的不宜。

我比她们强多了，我有快乐美满的家庭，在第一步就没有摧伤思想的源路。我能自在游行，寻幽访胜，不似她们缠绵床褥，终日对着恹恹一角的青山。我横竖已是一身客寄，在校在山，都是一样；有人来看，自然欢喜，没有人来，也没有特别的失望与悲哀。她们乡关咫尺，却因病抛离父母，亲爱的人，每每因天风雨雪，山路难行，不能相见，于是怨嗟悲叹。整年整月，置身于怨望痛苦之中，这样的人生！

一而二，二而三的推想下去，世界上的幼弱病苦，又岂止沙穰一隅？小朋友，你们看见的，也许比我还多。扶持慰藉，是谁的责任？见此而不动心呵！空负了上天付与我们的一腔热烈的爱！

所以，小朋友，我们所能做到的，一朵鲜花，一张画片，一句温和的慰语，一回殷勤的访问，甚至于一瞥哀怜的眼光，在我们是不觉得用了多少心，而在单调的痛苦生活，度日如年的病者，已是受了如天之赐。访问已过，花朵已残，在我们久已忘却之后，他们在幽闭的病榻上，还有无限的感谢，回忆与低徊！

我无庸多说，我病中曾受过几个小朋友的赠与。在你们完全而浓烈的爱心中，投书馈送，都能锦上添花，做到好处。小朋友，我无有言说，我只合掌赞美你们的纯洁与伟大。

如今我请你们纪念的这些人，虽然都在海外，但你们忆起这许多苦孩子时，或能以意会意，以心会心的体恤到眼前的病者。小朋友，莫道万里外的怜悯牵萦，没有用处，"以伟大思想养汝精神"！日后帮助你们建立大事业的同情心，便是从这零碎的怜念中练达出来的。

风雪的廊上，写这封信，不但手冷，到此心思也冻凝了。无端拆阅了波士顿中国朋友的一封书，又使我生无穷的感慨。她提醒了我！今日何日，正是故国的岁除，红灯绿酒之间，不知有多少盈盈的笑语。这里却只有寂寂风雪的空山……不写了，你们的热情忠实的朋友，在此遥祝你们有个完全欢庆的新年！

冰　心

1924年2月4日，沙穰

通讯十六

二弟冰叔：

接到你两封冗长而恳挚的信，使我受了无限的安慰。是的！"从松树隙间穿过的阳光，就是你弟弟问安的使者；晚上清凉的风，就是骨肉手足的慰语！"好弟弟！我喜爱而又感激你的满含着诗意的慰安的话！

出乎意外的又收到你赠我的历代名人词选，我喜欢到不可言说。父亲说恐怕我已有了，我原有一部古今词选，放在闭璧楼的书架上了。可恨我一写信要中国书，她们便有百般的阻拦推托。好像凡是中国书都是充满着艰深的哲理，一看就费人无限的脑力似的。

不忍十分的违反她们的好意，我终于反复的只看些从病院中带来的短诗了。我昨夜收到词选，珍重的一页一页地看着，一面想，难得我有个知心的小弟弟。

这部词，选得似乎稍偏于纤巧方面，错字也时时发现。但大体说起来，总算很好。

你问我去国前后，环境中诗意哪处更足？我无疑地要说，"自然是去国后！"在北京城里，不能晨夕与湖山相对，这是第一条件。再一事，就是客中的心情，似乎更容易融会诗句。

离开黄浦江岸，在太平洋舟中，青天碧海，独往独来之间，我常常忆起"海水直下万里深，谁人不言此离苦"两句。因为我无意中看到同舟众人，当倚阑俯视着船头飞溅的浪花的时候，眉宇间似乎都含着轻微的凄恻的意绪。

到了威尔斯利，慰冰湖更是我的唯一的良友。或是水边，或是水上，没有一天不到的。母亲寿辰的前一日，又到湖上去了，临水起了乡思，忽然忆起左辅的"浪淘沙"词：

　　水软橹声柔，草绿芳洲，碧桃几树隐红楼；者是春山魂一片，招入孤舟。　　乡梦不曾休，惹甚闲愁？忠州过了又涪州；掷与巴江流到海，切莫回头！

觉得情景悉合，随手拾起一片湖石，用小刀刻上："乡梦不曾休，惹甚闲愁？"两句，远远地抛入湖心里，自己便头也不回的走转来。这片小石，自那日起，我信它永在湖心，直到天地的尽头。只要湖水不枯，湖石不烂，我的一片寄托此中的乡心，也永古不能磨灭的！

美国人家，除城市外，往往依山傍水，小巧精致，窗外篱旁，杂种着花草，真合"是处人家，绿深门户"词意。只是没有围墙，空阔有余，深邃不足。路上行人，隔窗可望见翠袖红妆，可听见琴声笑语。词中之"斜阳却照深深院"，"庭院深深深几许"，"不卷珠帘，人在深深处"，"墙内秋千墙外道"，"银汉是红墙，一带遥相隔"等句，在此都用不着了！

田野间林深树密，道路也依着山地的高下，曲折蜿蜒的修来，天趣盎然。想春来野花遍地之时，必是更幽美的。只是逾山越岭的游行，再也看不见一带城墙僧寺。"曲径通幽处，禅房草木深"，"花宫仙梵远微微，月隐高城钟漏稀"，"一片孤城万仞山"，"饮将闷酒城头睡"，"长烟落日孤城闭"，"帘卷疏星庭户悄，隐隐严城钟鼓"等句，在此又都用不着了！

总之，在此处处是"新大陆"的意味，遍地看出鸿蒙初辟的痕迹。国内一片苍古庄严，虽然有的只是颓废剥落的城垣宫殿，却都令人起一种"仰首欲攀低首拜"之思，可爱可敬的五千年的故国呵！

回忆去夏南下，晨过苏州，火车与城墙并行数里。城内湿烟濛濛，护城河里系着小舟，层培露出城头，竟是一幅图画。那时我已想到出了国门，此景便不能再见了！

说到山中的生活，除了看书游山，与女伴谈笑之外，竟没有别的日课。我家灵运公的诗，如"寝瘵谢人徒，绝迹入云峰，岩壑寓耳目，欢爱隔音容"，以及"昔余游京华，未尝废丘壑，矧乃归山川，心迹双寂寞……卧疾丰暇豫，翰墨时间作，怀抱观古今，寝食展戏谑……万事难并欢，达生幸可托"等句，竟将我的生活描写尽了，我自己更不须多说！

又猛忆起杜甫的"思家步月清宵立，忆弟看云白日眠"和苏东坡的"因病得闲殊不恶，安心是药更无方"，对我此时生活而言，真是一字不可移易！青山满山是松，满地是雪，月下景物清幽到不可描画，晚餐后往往至楼前小立，寒光中自不免小起乡愁。又每日午后三时至五时是休息时间，白天里如何睡得着？自然只卧看天上云起，尤往往在此时复看家书，联带的忆到诸弟。——冰仲怕我病中不能多写通讯，岂知我病中较闲，心境亦较清，写的倒比平时多。又我自病后，未曾用一点药饵，真是"安心是药更无方"了。

多看古人句子，令自己少写好些。一面欣与古人契合，一面又有"恨不踊身千载上，趁古人未说吾先说"之叹。——说的已多了，都是你一部词选，引我掉了半天书袋，是谁之过呢？一笑！

青山真有美极的时候。二月七日，正是五天风雪之后，万株树上，都结上一层冰壳。早起极光明的朝阳从东方捧出，照得这些冰树玉枝，寒光激射。下楼微步雪林中曲折行来，偶然回顾，一身自冰玉丛中穿过。小楼一角,隐隐看见我的帘幕。虽然一般的高处不胜寒,而此琼楼玉宇,竟在人间,而非天上。

九日晨同女伴乘雪撬出游。双马飞驰,绕遍青山上下。一路林深处,冰枝拂衣,脆折有声。白雪压地,不见寸土,竟是洁无纤尘的世界。最美的是冰珠串结在野樱桃枝上,红白相间,晶莹向日,觉得人间珍宝,无比璀璨!

途中女伴遥指一发青山,在天末起伏。我忽然想真个离家远了,连青山一发,也不是中原了。此时忽觉悠然意远。——弟弟!我平日总想以"真"为写作的唯一条件,然而算起来,不但是去国以前的文字不"真",就是去国以后的文字,也没有尽"真"的能事。

我的确深信不论是人情,是物景,到了"尽头"处,是万万说不出来,写不出来的。纵然几番提笔,几番欲说,而语言文字之间,只是搜寻不出配得上形容这些情绪景物的字眼,结果只是搁笔,只是无言。十分不甘泯没了这些情景时,只能随意描摹几个字,稍留些印象。甚至于不妨如古人之结绳记事一般,胡乱画几条墨线在纸上。只要他日再看到这些墨迹时,能在模糊缥缈的意境之中,重现了一番往事,已经是满足有余的了。

去国以前,文字多于情绪。去国以后,情绪多于文字。环境虽常是清丽可写。而我往往写不出。辛幼安的一支"罗敷媚"说:

> 少年不识愁滋味,爱上层楼,爱上层楼,为赋新词强说愁。
> 而今识得愁滋味,欲说还休,欲说还休,却道天凉好个秋。

真看得我寂然心死。他虽只说"愁"字,然已盖尽了其他种种一切!——真不知文字情绪不能互相表现的苦处,受者只有我一个人,或是人人都如此?

北京谚语说:"八月十五云遮月,正月十五雪打灯。"去年中秋,此地不曾有月。阴历十四夜,月光灿然。我正想东方谚语,不能适用于西方天象,谁知元宵夜果然雨雪霏霏。十八夜以后,夜夜梦醒见月。只觉空明的枕上,梦与月相续。最好是近两夜,醒时将近黎明,天色碧蓝,一弦金色的月,不远对着弦月凹处,悬着一颗大星。万里无云的天上,只有一星一月,光景真是奇丽。

元夜如何?——听说醉司命夜,家宴席上,母亲想我难过,你们几个兄弟倒会一人一句的笑话慰藉,真是灯草也成了拄杖了!喜笑之余,并此感谢。

纸已尽,不多谈。——此信我以为不妨转小朋友一阅。

冰 心

1924 年 3 月 1 日,青山沙穰

通讯十七

小朋友:

健康来复的路上,不幸多歧,这几十天来懒得很;雨后偶然看见几朵浓黄的蒲公英,在匀整的草坡上闪烁,不禁又忆起一件事。

一月十九晨,是雪后浓阴的天。我早起游山,忽然在积雪中,看见了七八朵大开的蒲公英。我俯身摘下握在手里,——真不知这平凡的草卉,竟与梅菊一样的耐寒。我回到楼上,用条黄丝带将这几朵缀将起来,编成王冠的形式。人家问我做什么,我说:"我要为我的女王加冕。"说着就随便的给一个女孩子戴上了。

大家欢笑声中,我只无言的卧在床上——我不是为女王加冕,竟是为蒲公英加冕了。蒲公英虽是我最熟识的一种草花,但从来是被人轻忽,从来是不上美人头的。今日因着情不可却,我竟让她在美人头上,照耀了几点钟。

蒲公英是黄色，叠瓣的花，很带着菊花的神意，但我也不曾偏爱她。我对于花卉是普遍的爱怜。虽有时不免喜欢玫瑰的浓郁，和桂花的清远，而在我忧来无方的时候，玫瑰和桂花也一样的成粪土。在我心情怡悦的一刹那顷，高贵清华的菊花，也不能和我手中的蒲公英来占夺位置。

世上的一切事物，只是百千万面大大小小的镜子，重叠对照，反射又反射；于是世上有了这许多璀璨辉煌，虹影般的光彩。没有蒲公英，显不出雏菊，没有平凡，显不出超绝。而且不能因为大家都爱雏菊，世上便消灭了蒲公英；不能因为大家都敬礼超人，世上便消灭了庸碌。即使这一切都能因着世人的爱憎而生灭，只恐到了满山满谷都是菊花和超人的时候，菊花的价值，反不如蒲公英，超人的价值，反不及庸碌了。

所以世上一物有一物的长处，一人有一人的价值。我不能偏爱，也不肯偏憎。悟到万物相衬托的理，我只愿我心如水，处处相平。我愿菊花在我眼中，消失了她的富丽堂皇，蒲公英也解除了她的局促羞涩，博爱的极端，翻成淡漠。但这种普遍淡漠的心，除了博爱的小朋友，有谁知道？

书到此，高天萧然，楼上风紧得很，再谈了，我的小朋友！

冰　心

1924 年 5 月 9 日，沙穰疗养院

通讯十九

小朋友：

离青山已将十日了，过了这些天湖海的生涯，但与青山别离之情，不容不告诉你。

美国的佳节,被我在病院中过尽了!七月四号的国庆日,我还想在山中来过。山中自然没有什么,只儿童院中的小朋友,于黄昏时节,曾插着红蓝白三色的花,戴着彩色的纸帽子,举着国旗,整队出到山上游行,口里唱着国歌,从我们楼前走过的时候,我们曾鼓掌欢迎他们。

那夜大家都在我楼上话别,只是黯然中的欢笑。——睡下的时候,我忽然觉得上下的衾单上,满了石子似的多刺的东西,拿出一看,却是无数新生的松子,幸而针刺还软,未曾伤我,我不觉失笑。我们平时,戏弄惯了,在我行前之末一夜,她们自然要尽量的使一下促狭。

大家笑着都奔散了。我已觉倦,也不追逐她们,只笑着将松子纷纷的都掠在地下。衾枕上有了松枝的香气!怪不得她们促我早歇,原来还有这一出喜剧!我卧下,只不曾睡,看着沙穰村中喷起一丛一丛的烟火,红光烛天。今天可听见鞭炮了,我为之怡然。

第二天早起,天气微阴。我绝早起来,悄然地在山中周行。每一棵树,每一丛花,每一个地方,有我埋存手泽之处,都予以极诚恳爱怜之一瞥。山亭及小桥流水之侧,和万松参天的林中,我曾在此流过乡愁之泪,曾在此有清晨之默坐与诵读,有夫人履(Lady Slipper)和露之采撷,曾在此写过文章与书函。沙穰在我,只觉得弥漫了闲散天真的空气。

黄昏时之一走,又赚得许多眼泪。我自己虽然未曾十分悲惨,也不免黯然。女伴们雁行站在门边,一一握手,纷纷飞扬的白巾之中,听得她们摇铃送我,我看得见她们依稀的泪眼。人生奈何到处是离别?

车走到山顶,我攀窗回望,绿丛中白色的楼屋,我的雪宫,渐从斜阳中隐过。病因缘从今斩断,我倏忽地生了感谢与些些"来日大难"的悲哀!

我曾对朋友说,沙穰如有一片水,我对她的留恋,必不止此。而她是单纯真朴,她和我又结的是护持调理的因缘,仿佛说来,如同我的乳母。我对她之情,深不及母亲,柔不及朋友,但也有另一种自然的感念。

沙穰还彻底地予我以几种从前未有的经验如下:

第一是"弱"。绝对的静养之中,眠食稍一反常,心理上稍有刺激,就觉得精神全隳,温度和脉跃都起变化。我素来不十分信"健康之精神寓于健康之身体",尤往往从心所欲,过度劳乏了我的身躯。如今理会得身心相关的密切,和病弱扰乱了心灵的安全,我便心悦诚服的听从了医士的指挥。结果我觉得心力之来复,如水徐升。小朋友中有偏重心灵方面之发展与快意的么?望你听我,不蹈此覆辙!

第二是"冷"。冷得真有趣!更有趣的是我自己毫不觉得,只看来访的朋友们的瑟缩寒战,和他们对于我们风雪中户外生活之惊奇,才知道自己的"冷"。冷到时只觉得一阵麻木,眼珠也似乎在冻着,双手互握,也似乎没有感觉。然而我愿小朋友听得见我们在风雪中的欢笑!冻凝的眼珠,还是看书,没有感觉的手,还在写字。此外雪中的拖雪橇,逆风的游行,松树都弯曲着俯在地下,我们的脸上也戴上一层雪面具;自膝以下埋在雪里。四望白茫茫之中,我要骄傲地说,"好的呀!三个月绝冷的风雪中的驱驰,我比你们温炉暖屋,'雪深三尺不知寒'的人,多练出一些勇敢!"

夜中月明,寒光浸骨,双颊如抵冰块。月下的景物都如凝住,不能转移。天上的冷月冻云,真冷得璀璨!重衾如铁,除自己骨和肉有暖意外,天上人间四围一切都是冷的。我何等的愿在这种光景之中呵,我以为惟有鱼在水里可以比拟。睡到天明,衾单近呼吸呵气处都凝成薄冰。掀衾起坐,雪纷纷坠,薄冰也迸折有声。真有趣呵,我了解"红泪成冰"的词句了。

第三是"闲"。闲得却有时无趣，但最难得的是永远不预想明日如何。我们的生活如印板文字，全然相同的一日一日地悠然过去。病前的苦处，是"预定"，往往半个月后的日程，早已安排就。生命中，岂容有这许多预定，乱人心曲？西方人都永远在预定中过生活，终日匆匆忙忙的，从容宴笑之间，往往有"心焉不属"的光景。我不幸也曾陷入这种旋涡！沙穰的半年，把"预定"两字，轻轻地从我的字典中删去，觉得有说不出的愉快。

"闲"又予我以写作的自由，想提笔就提笔，想搁笔就搁笔。这种流水行云的写作态度，是我一生所未经，沙穰最可纪念处也在此！

第四是"爱"与"同情"。我要以最庄肃的态度来叙述此段。同情和爱，在疾病忧苦之中，原来是这般的重大而慰藉！我从来以为同情是应得的，爱是必得的，便有一种轻藐与忽视。然而此应得与必得，只限于家人骨肉之间，因为家人骨肉之爱，是无条件的，换一句话说，是以血统为条件的。至于朋友同学之间，同情是难得的，爱是不可必得的，幸而得到，那是施者自己人格之伟大！此次久病客居，我的友人的馈送慰问，风雪中殷勤的来访，显然的看出不是敷衍，不是勉强。至于泛泛一面的老夫人们，手抱着花束，和我谈到病情，谈到离家万里，我还无言，她已坠泪。这是人类之所以为人类，世界之所以成世界呵！我一病何足惜？病中看到人所施于我，病后我知何以施于人。一病换得了"施于人"之道，我一病真何足惜！

"同病相怜"这一句话何等真切？院中女伴的互相怜惜，互相爱护的光景，都使人有无限之赞叹！一个女孩子体温之增高，或其他病情上之变化，都能使全院女伴起了吁嗟。病榻旁默默的握手，慰言已尽，而哀怜的眼里，盈盈的含着同情悲悯的泪光！来自四海，有何亲眷？只一缕病中爱人爱己，知人知己之哀情，将这些异国异族的女孩儿亲密的联在一起。谁道爱和同情，在生命中是可轻藐的呢?

爱在右,同情在左,走在生命路的两旁,随时撒种,随时开花,将这一径长途,点缀得香花弥漫,使穿枝拂叶的行人,踏着荆棘,不觉得痛苦,有泪可落,也不是悲凉。

初病时曾戏对友人说:"假如我的死能演出一出悲剧,那我的不死,我愿能演一出喜剧!"在众生的生命上,撒下爱和同情的种子,这是否演出喜剧呢,我将于此下深思了!

总之,生命的路愈走愈远,所得的也愈多。我以为领略人生,要如滚针毡,用血肉之躯去遍挨遍尝,要它针针见血!离合悲欢,不尽其致时,觉不出生命的神秘和伟大。我所经历真不足道!且喜此关一过,来日方长,我所能告诉小朋友的,将来或不止此。

屋中有书三千卷,琴五六具,弹的拨的都有,但我至今未曾动它一动。与水久别,此十日中我自然尽量的过湖畔海边的生活。水上归来,只低头学绣,将在沙穰时淘气的精神,全部收起。我原说过,只有无人的山中,容得童心的再现呵!

大西洋之游,还有许多可记。写的已多了,留着下次说罢。祝你们安乐!

冰　心

1924年7月14日,默特佛

通讯二十

小朋友:

水畔驰车,看斜阳在水上泼散出的闪烁的金光,晚风吹来,春衫嫌薄。这种生涯,是何等的宜于病后呵!

在这里，出游稍远便可看见水。曲折行来，道滑如拭。重重的树荫之外，不时倏忽的掩映着水光。我最爱的是玷池，（Spotpond），称她为池真委屈了，她比小的湖还大呢！——有三四个小岛在水中央，上面随意地长着小树。池四围是丛林，绿意浓极，每日晚餐后我便出来游散，缓驰的车上，湖光中看遍了美人芳草！——真是"水边多丽人"。看三三两两成群携手的人儿，男孩子都去领卷袖，女孩子穿着颜色极明艳的夏衣，短发飘拂，轻柔的笑声，从水面，从晚风中传来，非常的浪漫而潇洒。到此猛忆及曾皙对孔子言志，在"暮春者"之后，"浴乎沂风乎舞雩"之前，加上一句"春服既成"，遂有无限的飘扬态度，真是千古隽语！

此外的如玄妙湖（Mystic Lake），侦池（Spy Pond），角池（Horn Pond）等处，都是很秀丽的地方。大概湖的美处在"明媚"。水上的轻风，皱起万叠微波，湖畔再有芊芊的芳草，再有青青的树林，有平坦的道路，有曲折的白色阑干，黄昏时便是天然的临眺乘凉的所在。湖上落日，更是绝妙的画图。夜中归去，长桥上两串徐徐互相往来移动的灯星，颗颗含着凉意。若是明月中天，不必说，光景尤其宜人了！

前几天游大西洋滨岸（Revere Beach），沙滩上游人如蚁。或坐或立，或弄潮为戏，大家都是穿着泅水衣服。沿岸两三里的游艺场，乐声汹汹，人声嘈杂。小孩子们都在铁马铁车上，也有空中旋转车，也有小飞艇，五光十色的。机关一动，都纷纷奔驰，高举凌空。我看那些小朋友们都很欢喜得意的！

这里成了"人海"，如蚁的游人，盖没了浪花。我觉得无味。我们掖转车来，直到娜罕（Nahant）去。

渐渐地静了下来。还在树林子里，我已迎到了冷意侵人的海风。再三四转，大海和岩石都横到了眼前！这是海的真面目呵。浩浩万里的蔚蓝无底的洪涛，壮厉的海风，蓬蓬的吹来，带着腥咸的气味。

在闻到腥咸的海味之时，我往往忆及童年拾卵石贝壳的光景，而惊叹海之伟大。在我抱肩迎着吹人欲折的海风之时，才了解海之所以为海，全在乎这不可御的凛然的冷意！

在嶙峋的大海石之间，岩隙的树荫之下，我望着卵岩（Egg-Rock），也看见上面白色的灯塔。此时静极，只几处很精致的避暑别墅，悄然的立在断岩之上。悲壮的海风，穿过丛林，似乎在奏"天风海涛"之曲。支颐凝坐，想海波尽处，是群龙见首的欧洲，我和平的故乡，比这可望不可即的海天还遥远呢！

故乡没有明媚的湖光，故乡没有汪洋的大海，故乡没有葱绿的树林，故乡没有连阡的芳草。北京只是尘土飞扬的街道，泥泞的小胡同，灰色的城墙，流汗的人力车夫的奔走。我的故乡，我的北京。是一无所有！

小朋友，我不是一个乐而忘返的人，此间纵是地上的乐园，我却仍是"在客"。我寄母亲信中曾说：

> ……北京似乎是一无所有！——北京纵是一无所有，然已有了我的爱。有了我的爱，便是有了一切！灰色的城围里，住着我最爱的一切的人。飞扬的尘土呵，何时容我再嗅着我故乡的香气……

易卜生曾说过："海上的人，心潮往往和海波一般的起伏动荡。"而那一瞬间静坐在岩上的我的思想，比海波尤加一倍的起伏。海上的黄昏星已出，海风似在催我归去。归途中很怅惘。只是还买了一筐新从海里拾出的蛤蜊。当我和车边赤足捧筐的孩子问价时，他仰着通红的小脸笑向着我。他岂知我正默默的为他祝福，祝福他终身享乐此海上拾贝的生涯！

谈到水，又忆起慰冰来。那天送一位日本朋友回南那铁（South

Natick）去，道经威尔斯利。车驰穿校址，我先看见圣卜生疗养院，门窗掩闭的凝立在山上。想起此中三星期的小住，虽仍能微笑，我心实凄然不乐。再走已见了慰冰湖上闪烁的银光，我只向她一瞥眼。闭璧楼塔院等等也都从眼前飞过。年前的旧梦重寻，中间隔以一段病缘，小朋友当可推知我黯然的心理！

又是在行色匆匆里，一两天要到新汉寿（New Hampshire）去。似乎又是在山风松涛之中，到时方可知梗概。晚风中先草此，暑天宜习静，愿你们多写作！

冰　心
1924 年 7 月 22 日，默特佛

通讯二十一

冰仲弟：

到自由（Freedom）又五六日了，高处于白岭（The White Mountains）之上，华盛顿（Mount Washington），戚叩落亚（Chocorua）诸岭都在几席之间。这回真是入山深了！此地高出海面一千尺，在北纬四十四度，与吉林同其方位。早晚都是凉飙袭人，只是树枝摇动，不见人影。

K 教授邀我来此之时，她信上说："我愿你知道真正新英格兰的农家生活。"果然的，此老屋中处处看出十八世纪的田家风味。古朴砌砖的壁炉，立在地上的油灯，粗糙的陶器，桌上供养着野花，黄昏时自提着罐儿去取牛乳，采葚果佐餐。这些情景与我们童年在芝罘所见无异。所不同的就是夜间灯下，大家拿着报纸，纵谈共和党和民主党的总统选举竞争。我觉得中国国民最大的幸福，就是能居然脱离政府而独立。不但农村，便是去年的北京，四十日没有总统，

而万民乐业。言之欲笑，思之欲哭！

屋主人是两个姊妹，是 K 教授的好友，只夏日来居在山上。听说山后只有一处酿私酒的相与为邻，足见此地之深僻了。屋前后怪石嶙峋。黑压压的长着丛树的层岭，一望无际。林影中隐着深谷。我总不敢太远走开去，似乎此山有藏匿虎豹的可能。千山草动，猎猎风生的时候，真恐自暗黑的林中，跳出些猛兽。虽然屋主人告诉我说，山中只有一只箭猪，和一只小鹿，而我终是心怯。

于此可见白岭与青山之别了。白岭妩媚处雄伟处都较胜青山，而山中还处处有湖，如银湖（Silver Lake）、戚叩落亚湖（Lake Chocorua）、洁湖（Purity Lake）等，湖山相衬，十分幽丽。那天到戚叩落亚湖畔野餐，小桥之外，是十里如镜的湖波，波外是突起矗立的戚叩落亚山。湖畔徘徊，山风吹面，情景竟是皈依而不是赏玩！

除了屋主人和 K 教授外，轻易看不见别一个人，我真是寂寞。只有阿历（Alex）是我唯一的游伴了！他才五岁，是纽芬兰的孩子。他母亲在这里佣工。当我初到之夜，他睡时忽然对他母亲说："看那个姑娘多可怜呵，没有她母亲相伴，自己睡在大树下的小屋里！"第二天早起，屋主人笑着对我述说的时候，我默默相感，微笑中几乎落下泪来。我离开母亲将一年了，这般彻底的怜悯体恤的言词，是第一次从人家口里说出来的呵！

我常常笑对他说："阿历，我要我的母亲。"他凝然地听着，想着，过了一会说："我没有看见过你的母亲，也不知道她在哪里——也许她迷了路走在树林中。"我便说："如此我找她去。"自此后每每逢我出到林中散步，他便遥遥的唤着问："你找你的母亲去么？"

这老屋中仍是有琴有书，原不至太闷，而我终感着寂寞，感着缺少一种生活，这生活是去国以后就丢失了的。你要知道么！就是我们每日一两小时傻顽痴笑的生活！

飘浮着铁片做的战舰在水缸里，和小狗捉迷藏，听小弟弟说着从学校听来的童稚的笑话，围炉说些"乱谈"，敲着竹片和铜茶盘，唱"数了一个一，道了一个一"的山歌，居然大家沉酣的过一两点钟。这种生活，似乎是痴顽，其实是绝对的需要。这种完全释放身心自由的一两小时，我信对于正经的工作有极大的辅益，使我解愠忘忧，使我活泼，使我快乐。去国后在学校中，病院里，与同伴谈笑，也有极不拘之时，只是终不能痴傻到绝不用点思想的地步。——何况我如今多居于教授，长者之间，往往是终日矜持呢！

真是说不尽怎样的想念你们！幻想山野是你们奔走的好所在，有了伴侣，我也便不怯野游。我何等的追羡往事！"当时语笑浑闲事，过后思量尽可怜。"这两语真说到入骨。但愿经过两三载的别离之后，大家重见，都不失了童心，傻顽痴笑，还有再现之时，我便万分满足了。

山中空气极好，朝阳晚霞都美到极处。身心均舒适，只昨夜有人问我："听说泰戈尔到中国北京，学生们对他很无礼，他躲到西山去了。"她说着一笑。我淡淡地说，"不见得罢。"往下我不再说什么——泰戈尔只是一个诗人，迎送两方，都太把他看重了。……

于此收住了。此信转小朋友一阅。

冰 心

1924年7月20日，自由，新汉寿

通讯二十二

亲爱的小读者：

每天黄昏独自走到山顶看日落，便看见戚叩落亚（Chocorua）的最高峰。全山葱绿，而峰上却稍赤裸，露出山骨。似乎太高了，天风劲厉，不容易生长树木。天边总统山脉（Presidential Range）中诸岭蜿蜒，华盛顿（Washington），麦迭生（Madson）众山重叠相映。不知为何，我只爱看戚叩落亚。

餐桌上谈起来了，C夫人告诉我戚叩落亚是个美洲红人酋长，因情不遂，登最高峰上坠崖自杀。戚叩落亚山便因他命名。她说着又说她记忆不真，最好找一找书看看。我也以山势"英雄"而戚叩落亚死的太"儿女"为恨。今天从书架上取下一本书叫做白岭（The White Mountains）的，看了一遍。关于戚叩落亚的死因，与C夫人说的不同，我觉得这故事不妨说给小朋友听听！

书上说："戚叩落亚可称为新英格兰一带最秀丽最堪入画之高山。"——新英格兰系包括美东 Maine, N. H, Mass, R. I., Vermont, Coun, 六省而言，是英国殖民初登岸处，故名。——"高三千五百四十尺，山上有泉，山间有河，山下有湖。新汉寿诸山之中，没有比它再含有美术的和诗的意味的了。

"戚叩落亚山是从一个红人酋长得名。这个酋长被白人杀死于山的最高峰下。传说不一，一说在罗敷窝（Lovewell）一战之后，红人都向坎拿大退走，只有戚叩落亚留恋故乡和他祖宗的坟墓，不肯与族人同去。他和白人友善，特别的与一个名叫康璧（Campbell）的交好。戚叩落亚只有一个儿子，他一生的爱恋和希望，都倾注在这儿子身上。偶然有一次因着族人会议的事，他须到坎拿大去。他不忍使这儿子受长途风霜之苦，便将他交托给康璧，自己走了。他的儿子在康璧家中，备受款待。有一天，这孩子无意中寻到一瓶毒狐的药，他好奇心盛，一口气喝了下去。等到戚叩落亚回来，只得到他儿子死了葬了的消息！这误会的心碎的酋长，在他负伤的灵魂上，深深刻下了复仇的誓愿。这一天康璧从田间归来，看见他妻和子的尸身，纵横的倒在帐篷的内外。康璧狂奔出去寻觅戚叩落亚，在山巅将他寻见了。正在他发狂似的向白人诅咒的时候，康璧将他射死于最高峰下。

"又一说,戚叩落亚是红人族中的神巫。他的儿子与康璧相好,不幸以意外之灾死在康璧家里。以下的便与上文相同。

"又一说,戚叩落亚是个无罪无猜的红酋,对白人尤其和蔼。只因那时麻撒出色(Massachusetts)百姓,憎恶红人,在波士顿征求红人之首,每头颅报以百金。于是有一群猎者,贪图巨利,追逐这无辜的红酋,将他乱枪射死于最高峰下!

"英雄的戚叩落亚,在他将死未绝之时,张目扬齿,狂呼的诅咒说:'灾祸临到你们了,白人呵!我愿巨灵在云间发声,其言如火,重重的降罚给你们。我戚叩落亚有一个儿子,而你们在光天化日之下,将他杀死!我愿闪电焚灼你们的肉体,愿暴风与烈火扫荡你们的居民!愿恶魔吹死气在你们的牛羊身上!愿你们的坟墓沦为红人的战场!愿虎豹狼虫吞噬你们的骨殖!我戚叩落亚如今到巨灵那里去,而我的诅咒却永远的追随着你们!'"

这故事于此终止了。书上说:"此后续来的移民,都不能安生居住,天灾人祸,相继而来;暴风雨,瘟疫,牛羊的死亡,红人的侵袭,岁岁不绝。然而在事实上,近山一带的居民,并未曾受红人之侵迫,只在此数十年中不能牧养牲畜,牛羊死亡相继。大家都归咎于戚叩落亚的诅词。后经科学者的试验,乃是他们饮用的水中,含有石灰质的缘故。

"戚叩落亚的坟墓,传说是在东南山脚下,但还没有确实寻到。"

每天黄昏独自走到山顶看日落,看夕阳自戚叩落亚的最高峰尖下坠,其红如火!连那十八世纪的老屋都隐在丛林之中时,大地上只山岭纵横,看不出一点文化文明之踪迹!这时我往往神游于数百年前,想此山正是束额插羽,奔走如飞的红人的世界。我微微地起了悲哀。红人身躯壮硕,容貌黝红而伟丽,与中国人种相似,只是不讲智力,受制被驱于白人,便沦于万劫不复之地!……

那天到康卫（Conway）去，在村店中买了一个小红泥人，金冠散发，首插绿羽，头上围着五色丝绦，腰间束带。我放他在桌上，给他起名叫戚叩落亚，纪念我对于戚叩落亚之追慕，及此次白岭之游。等到年终时节，我拟请他到中国一行，代我贺我母亲新春之喜。——匆此。

冰　心
1924 年 8 月 6 日，白岭

通讯二十三

冰季小弟：

这是清晨绝早的时候，朝日未出，朝露犹零，早餐后便又须离此而去。我以黯然的眼光望着白岭，却又不能不偷这匆匆言别的一早晨，写几个字给你。

只因昨夜在迢迢银河之侧，看见了织女星，猛忆起今天是故国的七月七夕，无数最甜柔的故事，最凄然轻婉的诗歌。以及应景的赏心乐事，都随此佳节而生。我远客他乡，把这些都睽违了，……这且不必管他！

我所要写的，是我们大家太缺少娱乐了。无精打采的娱乐，绝不能使人生润泽，事业进步。娱乐至少与工作有同等的价值，或者说娱乐是工作之一部分！

娱乐不是"消遣"。"消遣"两字的背后，隐隐地站着"无聊"。百无聊赖的时候，才有消遣；侘傺疾病的时候，才有消遣！对于国事，对于人生，灰心丧志的时候，才有消遣！试看如今一般人所谓的娱乐，是如何的昏乱，如何的无精打采？我决不以这等的娱乐为娱乐！真正的娱乐是应着真正的工作的要求而发生的，换言之，打起精神做真正的工作的人，才热烈的想望，或预备真正的娱乐！

当然的，中国人要有中国人的娱乐，我们有四千多年的故事，传说和历史。我们娱乐的时地和依据，至少比人家多出一倍。从新年说起罢，新年之后，有元宵。这千千万万的繁灯，作树下廊前的点缀，何等灿烂？舞龙灯更是小孩子最热狂最活泼的游戏。三月三日是古人修禊节，也便是我们绝好的野餐时期。流觞曲水，不但仿古人余韵，而且有趣。清明扫墓，虽不焚化纸钱，也可训练小孩子一种恭肃静默的对先人的敬礼，假如清明植树能名实相副，每人每年在祖墓旁边，种一棵小树，不到十年，我们中国也到处有了葱蔚的山林。五月五是特别为小孩子的节期，花花绿绿的香囊，五色丝，大家打扮小孩子。一年中只是这几天，觉得街头巷尾的小孩子，加倍喜欢！这天又是龙舟节，出去泛舟，或是两个学校间的竞渡，也是极好的日子。七月七，是女儿节，只这名字已有无限的温柔！凉夜风静，秋星灿然。庭中陈设着小儿瓜果，遍筵女伴，轻悄谈笑，仰着双星缓缓渡桥。小孩子满握着煮熟的蚕豆，大家互赠，小手相握，谓之"结缘"。这两字又何其美妙？我每以为"缘"之意想，十分精微，"缘"之一字，十分难译，有天意，有人情，有死生流转，有地久天长。苏子瞻赠他的弟弟子由诗，有"与君世世为兄弟，更结来生未了因。"小弟弟，我今天以这两语从万里外遥赠你了！

八月十五中秋节，满月的银光之下，说着蟾蜍玉兔的故事，何其清切？九月九重阳节，古人登高的日子，我们正好有远足旅行，游览名胜。国庆日不必说，尤须庆祝一下子，只因我觉得除却政治机关及商店悬旗外，家庭中纪念这节期的，似乎没有！

往下不再细说了。翻开古书看一看，如《帝京景物志》之类，还可找出许多有意思可纪念的娱乐的日子来。我觉得中国的节期，都比人家的清雅，每一节期都附以温柔，高洁的故事，惊才绝艳的诗歌，甚至于集会时的食品用器，如五月五的龙舟，粽子，七月七的蚕豆，八月十五的月饼，以及各节期的说不尽的等等一切……我们是一点不必创造。招集小孩子，故事现成，食品现成，玩具现成，要编制歌曲，供小孩的戏唱，也有数不尽的古诗，古文，古词为蓝本。古人供给我们这许多美好的材料，叫我们有最高尚的娱乐，如我们仍不知领略享受，真是太对不起了！

破除迷信，是件极好的事。最可惜的是迷信破除了以后，这些美好的节期，也随着被大家冷淡了下去。我当然不是提倡迷信，偶像崇拜和小孩子扮演神仙故事，截然的是两件事！

不能多写了。朝日已出，厨娘已忙着预备早餐。在今晚日落之前，我便可在一个小海岛之上，你可猜想我是如何的喜欢！我看《诗经》，最爱的是："蒹葭苍苍，白露为霜，所谓伊人，在水一方……溯回从之，宛在水中央。"我最喜在"水中央"三字，觉得有说不出的飘荡与萦回！——自我开始旅行，除了日记及纸笔之外，半本书也没有带，引用各诗，也许错误，请你找找看。

预算在海上住到月圆时节。"海上生明月"的光景，我已预备下全副心情，供它动荡，那时如写得出，再写些信寄你。

你的姊姊

1924 年 8 月 7 日，白岭

通讯二十四

我的双亲：

窗外涛声微撼，是我到伍岛（Five Islands）之第一夜。我已睡下，B 女士进坐在我的床前，说了许多别后的话。她又说："可惜我不能将你母亲的微笑带来呵！"夜深她出去。我辗转不寐。一年中隔着海洋，我们两地的经过，在生命的波澜又归平静之后，忽忽追思，竟有无限的感慨！

在新汉寿之末一夜，竟在白岭上过了瓜果节。说起也真有意思。那天白日偶然和众人谈起，黄昏时节，已自忘怀。午睡起后，C夫人忽请我换了新衣。K教授也穿上由中国绣衣改制的西服出来。其余众人，或挂中国的玉佩，或着中国的绸衣。在四山暮色之中，团团坐在屋前一棵大榆树下，端出茶果来，告诉我今夜要过中国的瓜果节。我不禁怡然一笑。我知道她们一来自己寻乐，二来与我送别。我是在家十年未过此节，却在离家数万里外，孤身作客，在绵亘雄伟的白岭之巅，与几位教授长者，过起软款温柔的女儿节来，真是突兀！

那夜是阴历初六，双星还未相迓，银汉间薄雾迷蒙。我竟成了这小会的中心！大家替我斟上蒲公英酒，K教授举杯起立，说："我为全中国的女儿饮福！"我也起来笑答："我代全中国的女儿致谢你们！"大家笑着起立饮尽。

第二巡递过茶果，C夫人忽又起立举杯说："我饮此酒，祝你康健！"于是大家又纷然离座。K教授和E女士又祝福我的将来，杂以雅谑。一时杯声铿然相触，大家欢呼，我笑了，然而也只好引满——

谈至夜阑，谈锋渐趋于诗歌方面。席散后，我忽忆未效穿针乞巧故事，否则也在黑暗中撮弄她们一下子，增些欢笑！

如今到伍岛已逾九日，思想顿然地沉肃了下来。我大错了！十年不近海，追证于童年之乐，以为如今又晨夕与海相处，我的思想，至少是活泼飞扬的。不想她只时时与我以惊跃与凄动！……

九日之中，荡小舟不算外，泛大船出海，已有三次。十三日泛舟至海上聚餐，共载者十六人。乘风扯起三面大帆来，我起初只坐近阑旁，听着水手们扯帆时的歌声，真切的忆起海上风光来。正自凝神，一回头，B博士笑着招我到舟尾去，让我把舵，他说："试试看，你身中曾否带着航海家之血！"舱面大家都笑着看我。我竟接过舵轮来，一面坐下。凝眸前望，俯视罗盘正在我脚前。这船较小些，管轮和驾驶，只须一人。我握着轮齿，觉得桅杆与水平纵横之距离，只凭左右手之转动而推移。此时我心神倾注，海风过耳而不闻。渐渐驶到叔本葛大河（Sheepcult River）入海之口。两岸较逼，波流汹涌。我扶轮屏息，偶然侧首看见阑旁士女，容色暇豫，言笑宴宴，始恍然知自己一身责任之重大，说起来不值父亲之一笑！比起父亲在万船如蚁之中，将载着数百军士的战舰，驶进广州湾，自然不可同日语，而在无情的波流上，我初次尝试的心，已有无限的惶恐。说来惭愧，我觉得我两腕之一移动，关系着男女老幼十六人性命的安全！

B博士不离我座旁，却不多指示，只凭我旋转自如。停舟后，大家过来笑着举手致敬，称我为船主，称我为航海家的女儿。

这只是玩笑的事，没有说的价值。而我因此忽忽忆起我所未想见的父亲二十年海上的生涯。我深深地承认直接觉着负责任的，无过于舟中的把舵者。一舟是一世界，双手轮转着顷刻间人们的生死，操纵着众生的欢笑与悲号。几百个乘客在舟上，优游谈笑，说着乘风破浪，以为人人都守着最闲适的光阴。不知舱面小室之中，独有一个凝眸望远的船主，以他倾注如痴的辛苦的心目，保持佑护着这一段数百人闲适欢笑的旅途！

我自此深思了！海岛上的生涯，使我心思昏忽。伍岛后有断涧两处，通以小桥。涧深数丈，海波冲击，声如巨雷。穿过松林，立在磐石上东望，西班牙与我之间，已无寸土之隔。岛的四岸，在清晨，在月夜，我都坐过，凄清得很。——每每夜醒，正是潮满时候，海波直到窗下。淡雾中，灯塔里的雾钟续续的敲着。有时竟还听得见驾驶的银钟,在水面清彻四闻。雪鸥的鸣声,比孤雁还哀切,偶一惊醒,即不复寐……

实在写不尽,我已决意离此。我自己明白知道,工作在前,还不是我回肠荡气的时候!

明天八月十七,邮船便佳城号(City of Bangor)自泊斯(Bath)开往波士顿。我不妨以去年渡太平洋之日,再来横渡大西洋之一角。我真是弱者呵,还是愿意从海道走!

　　　　　　　　　　　　你海上的女儿
　　　　　　　　　　1924年8月16日夜,伍岛

通讯二十六

小朋友:

病中,静中,雨中,是我最易动笔的时候,病中心绪惆怅,静中心绪清新,雨中心绪沉潜,随便的拿起笔来,都能写出好些话。

一夏的"云游",刚告休息。此时窗外微雨,坐守着一炉微火。看书看到心烦,索性将立在椅旁的电灯也捻灭了下去。炉里的木柴,爆裂得息息的响着,火花飞上裙缘。——小朋友!就是这百无聊赖,雨中静中的情绪,勉强了久不修书的我,又来在纸上和你们相见。

暑前六月十八晨,阴,匆匆的将屋里几盆花草,移栽在树下。殷勤拜托了自然的风雨,替我将护着这一年来案旁伴读的花儿。安顿了惜花心事之后,一天一夜的火车,便将我送到银湾(Silver Bay)去。

银湾之名甚韵!往往使我忆起纳兰性德"盈盈从此隔银湾,便无风雪也摧残"之句。入湾之顷,舟上看乔治湖(Lake George)两岸青山，层层转翠。小岛上立着丛树，绿意将倦人唤醒起来。银湾渐渐来到了眼前！黑岭（Black Mountains）高得很，乔治湖又极浩大，山脚下涛声如吼之中，银湾竟有芝罘的风味。

到后寄友人书，曾有"盛名之下，其实难副，人犹如此，地何以堪？你们将银湾比了乐园，周游之下，我只觉索然！"之语。致她来信说我"诗人结习未除，幻想太高"。实则我曾经沧海，银湾似芝罘，而伟大不足，反不如慰冰及绮色佳，深幽妩媚，别具风格，能以动我之爱悦与恋慕。

且将"成见"撇在一边，来叙述银湾的美景。河亭（Brook Pavilion）建在湖岸远伸处，三面是水。早起在那里读诗，水声似乎和着诗韵。山雨欲来，湖上漫漫飞卷的白云，亭中尤其看得真切。大雨初过，湖净如镜，山青如洗。云隙中霞光灿然四射，穿入水里，天光水影，一片融化在彩虹里，看不分明。光景的奇丽，是诗人画工，都不能描写得到的！

在不系舟上作书，我最喜爱，可惜并没有工夫做。只二十六日下午，在白浪推拥中，独自泛舟到对岸，写了几行。湖水泱泱，往返十里。回来风势大得很，舟儿起落之顷，竟将写好的一张纸，吹没在湖中，迎潮上下时，因着能力的反应，自己觉得很得意，而运桨的两臂，回来后隐隐作痛。

十天之后，又到了绮色佳（Ithaca）。

绮色佳真美！美处在深幽。喻人如隐士，喻季候如秋，喻花如菊。与泉相近，是生平第一次，新颖得很！林中行来，处处傍深涧。睡梦里也听着泉声！六十日的寄居，无时不有"百感都随流水去，一身还被浮名束"这两句，萦回于我的脑海！

在曲折跃下层岩的泉水旁读子书。会心处，悦意处，不是人世言语所能传达。——此外替美国人上了一夏天的坟，绮色佳四五处坟园我都游遍了！这种地方，深沉幽邃，是哲学的，是使人勘破生死观的。我一星期中至少去三次,抚着碑碣,摘去残花,我觉得墓中人很安适的,不知墓中人以我为如何?

刻尤佳湖(Lake Cauaga)为绮色佳名胜之一,也常常在那里泛月。湖大得很,明媚处较慰冰不如,从略。

八月二十八日,游尼革拉大瀑布(Niagara Falls)。三姊妹岩旁,银涛卷地而来,奔下马蹄岩,直向涡池而去。汹涌的泉涛,藏在微波缓流之下。我乘着小船雾姝号(The Maid of Mist)直到瀑底。仰望美利坚坎拿大两片大泉,坠云搓絮般的奔注!夕阳下水影深蓝,岩石碎迸,水珠打击着头面。泉雷声中,心神悸动!绮色佳之深邃温柔,幸受此万丈冰泉,洗涤冲荡。月下夜归,恍然若失!

九月二日,雨中到雪拉鸠斯(Syracuse),赴美东中国学生年会。本年会题,是"国家主义与中国",大家很鼓吹了一下。

年会中忙过十天,又回到波士顿来。十四夜心随车驰,看见了波士顿南站灿然的灯光,九十日的幻梦,恍然惊觉……

夜已深,楼上主人促眠。窗外雨仍不止。异乡的虫声在凄凄的叫着。万里外我敬与小朋友道晚安!

冰　心

1925年9月17日夜,默特佛

通讯二十七

小读者:

无端应了惠登大学(Wheaton College)之招,前天下午到梦野(Mansfield)去。

到了车站,看了车表,才知从波士顿到梦野是要经过沙穰的,我忽然起了无名的怅惘！

我离院后回到沙穰去看病友已有两次。每次都是很惘然，心中很怯，静默中强作微笑。看见道旁的落叶与枯枝，似乎一枝一叶都予我以"转战"的回忆；这次不直到沙穰去，态度似乎较客观些，而感喟仍是不免！我记得以前从医院的廊上，遥遥地能看见从林隙中穿过的白烟一线的火车。我记住地点，凝神远望，果然看见雪白的楼瓦，斜阳中映衬得如同琼宫玉宇一般……

清晨七时从梦野回来，车上又瞥见了！早春的天气，朝阳正暖，候鸟初来。我记得前年此日，山路上我的飘扬的春衣！那时是怎样的止水停云般的心情呵！

小朋友！一病算得什么？便值得这样的惊心？我常常这般地问着自己。然而我的多年不见的朋友，都说我改了。虽说不出不同处在哪里，而病前病后却是迥若两人。假如这是真的呢？是幸还是不幸，似乎还值得低徊罢！

昨天回来后，休息之余，心中只怅怅的，念不下书去。夜中灯下翻出病中和你们通讯来看。小朋友，我以一身兼作了得胜者与失败者，两重悲哀之中，我觉得我禁不住有许多欲说的话！

看见过力士搏狮么？当他屏息负隅，张空拳于狰狞的爪牙之下的时候，他虽有震恐，虽有狂傲，但他决不暇有萧瑟与悲哀。等到一阵神力用过，倏忽中掷此百兽之王于死的铁门之内以后，他神志昏瞆的抱头颓坐。在春雷般的欢呼声中，他无力的抬起眼来，看见了在他身旁鬣毛森张，似余残喘的巨物。我信他必忽然起了一阵难禁的战栗，他的全身没在微弱与寂寞的海里！

一败涂地的拿破仑，重过滑铁卢，不必说他有无限的忿激，太息与激昂！然而他的激感，是狂涌而不是深微，是一个人都可抵挡得住。而建了不世之功，退老闲居的惠灵吞，日暮出游，驱车到此战争旧地，他也有一番激感！他仿佛中起了苍茫的怅惘，无主的伤神。斜阳下独立，这白发盈头的老将，在百番转战之后，竟受不住这闲却健儿身手的无边萧瑟！悲哀，得胜者的悲哀呵！

小朋友，与病魔奋战期中的我，是怎样的勇敢与喜乐！我作小孩子，我作 Eslimo，我"足踏枯枝，静听着树叶微语"，我"试揭自然的帘幕，蹑足走入仙宫"。如今呢，往事都成陈迹！我"终日矜持"，我"低头学绣"，我"如同缓流的水，半年来无有声响"。是的呵，"一回到健康道上，世事已接踵而来！"虽然我曾应许"我至爱的母亲"说："我既绝对的认识了生命，我便愿低首去领略。我便愿通尝了人生中之各趣；人生中之各趣，我便愿遍尝！——我甘心乐意以别的泪与病的血为贽，推开了生命的宫门。"我又应许小朋友说："领略人生，要如滚针毡，用血肉之躯去遍挨遍尝，要它针针见血！……来日方长，我所能告诉小朋友的，将来或不止此。"而针针见血的生命中之各趣，是须用一片一片天真的童心去换来的。互相叠积传递之间，我还不知要预备下多少怯弱与惊惶的代价！我改了，为了小朋友与我至爱的母亲，我十分情愿屈服于生命的权威之下。然而我愿小朋友倾耳听一听这弱者，失败者的悲哀！

在我热情忠实的小朋友面前，略消了我胸中块垒之后，我愿报告小朋友一个大家欢喜的消息。这时我的母亲正在东半球数着月亮呢！再经过四次月圆，我又可在母亲怀里，便是小朋友也不必耐心的读我一月前，明日黄花的手书了！我是如何的喜欢呵！

小朋友，我觉得对不起！我又以悱恻的思想，贡献给你们。然而我的"诗的女神"只是一个

    满蕴着温柔
    微带着忧愁

的，就让她这样的抒写也好。

敬祝你们的喜乐与健康！

冰　心

1926年3月12日，娜安辟迦楼

通讯二十八

亲爱的娘：

今晨得到冰仲弟自北京寄来的《寄小读者》，匆匆地翻了一过，我止水般的热情，重复荡漾了起来！亲爱的母亲！我的脚已踏着了祖国的田野，我心中复杂的蕴结着欢慰与悲凉！廿七日的黄昏，三年前携我远游的约克逊号，徐徐地驶进吴淞口岸的时候，我抱柱而立。迎着江上吹面不寒的和风，我心中只掩映着母亲的慈颜。三年之别，我并不曾改，我仍是三年前母亲的娇儿，仍是廿余年前母亲怀抱中的娇儿！

上海苦热，回忆船上海风中看明月的情景，真是往事都成陈迹！廿六夜海波如吼，水影深黑，只在明月与我之间，在水上铺成一条闪灿碎光的道路。看着船旁烨然飞溅的浪花，这一星星都迸碎了我远游之梦！母亲，你是大海，我只是刹那间溅跃的浪花。虽暂时在最低的空间上，幻出种种的闪光，而在最短的时间中，即又飞进母亲的怀里。母亲！我美游之梦，已在欠伸将觉之中。祖国的海波，一声声地洗淡了我心中个个的梦中影。母亲！梦中人只是梦中人，除了你，谁是我永久灵魂之归宿？

廿七晨我未明即起，望见了江上片片祖国的帆影之后，我已不能再睡觉！我俯在圆窗上看满月西落，紫光欲退。而东方天际的明霞，又已报我以天光的消息！母亲，为了你，万里归来的女儿，都觉得这些国外也常常看见的残月朝晖，这时却都予我以极浓热的慕恋的情意。

母亲，我只是一个山陬海隅的孩子，一个北方乡野的孩子。上海实在住不了！长裙短衫，蝶翅般的袖子，油光的头，额上不自然的剪下三四缕短发。这般千人一律，不个性的打扮，我觉得心烦而又畏怯。这里热得很，哥哥姊姊们又喜欢灌我酒。前晚喝的是"大宛香"，还容易下咽。今夜是"白玫瑰露"，真把我吃醉了。匆匆地走上楼来和衣而卧。酒醒已是中夜，明月正当着我的窗户。朦胧中记得是离家已近，才免去那"杨柳岸晓风残月"的悲哀。

母亲！你看我写的歪斜的字，嫂嫂笑说我仍在病酒！我定八月二夜北上了。我爱母亲！我怕热，我不会吃酒，还是回家好！

这封信转小朋友看看不妨事罢？

　　　　　　　　　　　　　　还家的女儿
　　　　　　　　　　　　　　七月卅日，上海

通讯二十九

最亲爱的小读者：

我回家了！这"回家"二字中我迸出了感谢与欢欣之泪！三年在外的光阴，回想起来，曾不如流波之一瞥。我写这信的时候，小弟冰季守在旁边。窗外，红的是夹竹桃，绿的是杨柳枝，衬以北京的蔚蓝透彻的天。故乡的景物，一一回到眼前来了！

小朋友！你若是不曾离开中国北方，不曾离开到三年之久，你不会赞叹欣赏北方蔚蓝的天！清晨起来，揭帘外望，这一片海波似的晴空，有一两堆洁白的云，疏疏的来往着，柳叶儿在晓风中摇曳，整个的送给你一丝丝冰意。你觉得这一种"冷处浓"的幽幽的乡情，是异国他乡所万尝不到的！假如你是一个情感较重的人，你会兴起一种似欢喜非欢喜，似怅惘非怅惘的情绪。站着痴望了一会子，你也许会流下无主、皈依之泪！

在异国，我只遇见了两次这种的云影天光。一次是前年夏日在新汉寿白岭之巅。我午睡乍醒，得了英伦朋友的一封书，是一封充满了友情别意，并描写牛津景物写到引人入梦的书。我心中杂揉着怅惘与欢悦，带着这信走上山巅去。猛然见了那异国的蓝海似的天！四围山色之中，这油然一碧的天空，充满了一切。漫天匝地的斜阳，镶出西边天际一两抹的绛红深紫。这颜色须臾万变，而银灰，而鱼肚白，倏然间又转成灿然的黄金。万山沉寂，因着这奇丽的天末的变幻，似乎太空有声！如波涌，如鸟鸣，如风啸，我似乎听到了那夕阳下落的声音。这时我骤然间觉得弱小的心灵，被这伟大的印象，升举到高空，又倏然间被压落在海底！我觉出了造化的庄严，一身之幼稚，病后的我，在这四周艳射的景象中，竟伏于纤草之上，呜咽不止！

还有一次是今年春天，在华京（Washington D. C.）之一晚。我从枯冷的纽约城南行，在华京把"春"寻到！在和风中我坐近窗户，那时已是傍晚，这国家妇女会（National Women's Party）舍，正对着国会的白楼。半日倦旅的眼睛，被这楼后的青天唤醒！海外的小朋友！请你们饶恕我。在我倏忽地惊叹了国会的白楼之前，两年半美国之寄居，我不曾觉出她是一个庄严的国度！

这白楼在半天矗立着，如同一座玲珑洞开的仙阁。被楼旁强力灯逼射着，更显得出那楼后的青空。两旁也是伟大的白石楼舍。楼前是极宽阔的白石街道。雪白的球灯，整齐的映照着，路上行人，都在那伟大的景物中，寂然无声。这种天国似的静默，是我到美国以来第一次寻到的，我寻到了华京与北京相同之点了！

我突起的乡思，如同一个波澜怒翻的海！把椅子推开，走下这一座万静的高楼，直向国会图书馆走去。路上我觉得有说不出的愉快与自由。杨柳的新绿，摇曳着初春的晚风。熟客似的，我走入大阅书室，在那里写着日记。写着忽然忆起陆放翁的"唤作主人原是客，知非吾土强登楼"的两句诗来。细细咀嚼这"唤"字和"强"字的意思，我的意兴渐渐的萧索了起来！

我合上书，又洋洋的走了出去。出门来一天星斗，我长吁一口气。——看见路旁一辆手推的篷车，一个黑人在叫卖炒花生栗子。我从病后是不吃零食的，那时忽然走上前去，买了两包。那灯下黝黑的脸，向我很和气地一笑，又把我强寻的乡梦搅断！我何尝要吃花生栗子？无非要强以华京作北京而已！

写到此我腕弱了。小朋友，我觉得不好意思告诉你们，我回来后又一病逾旬，今晨是第一次写长信。我行程中本已憔悴困顿，到家后心里一松，病魔便乘机而起。我原不算是十分多病的人，不知为何，自和你们通讯，我生涯中便病忙相杂，这是怎么说的呢！

故国的新秋来了。新愈的我，觉得有喜悦的萧瑟！还有许多话，留着以后说罢，好在如今我离着你们近了！

你热情忠实的朋友，在此祝你们的喜乐！

          冰　心

        1926 年 8 月 31 日，圆恩寺

我的童年

提到童年，总使人有些向往，不论童年生活是快乐，是悲哀，人们总觉得都是生命中最深刻的一段；有许多印象，许多习惯，深固的刻画在他的人格及气质上，而影响他的一生。

我的童年生活，在许多零碎的文字里，不自觉的已经描写了许多，当曼瑰对我提出这个题目的时候，我还觉得有兴味，而欣然执笔。

中年的人，不愿意再说些情感的话，虽然在回忆中充满了含泪的微笑，我只约略的画出我童年的环境和训练，以及遗留在我的嗜好或习惯上的一切，也许有些父母们愿意用来作参考。

先说到我的遗传：我的父亲是个海军将领，身体很好，我从不记得他在病榻上躺着过。我的祖父身体也很好，八十六岁无疾而终。我的母亲却很瘦弱；常常头痛，吐血——这吐血的症候，我也得到，不是肺结核，而是肺气枝胀大，过劳或操心，都会发作——因此我童年时代记忆所及的母亲，是个极温柔，极安静的女人，不是做活计，就是看书，她的生活是非常恬淡的。

虽然母亲说过，我在会吐奶的时候，就吐过血，而在我的童年时代，并不曾发作过，我也不记得我那时生过什么大病，身体也好，精神也活泼，于是那七八年山陬海隅的生活，我多半是父亲的孩子，而少半是母亲的女儿！

在我以先，母亲生过两个哥哥，都是一生下就夭折了，我的底下，还死去一个妹妹。我的大弟弟，比我小六岁。在大弟弟未生之前，我在家里是个独子。

环境把童年的我，造成一个"野孩子"，丝毫没有少女的气息。我们的家，总是住近海军兵营，或海军学校。四围没有和我同年龄的女伴，我没有玩过"娃娃"，没有学过针线，没有搽过脂粉，没有穿过鲜艳的衣服，没有戴过花。

反过来说，因着母亲的病弱，和家里的冷静，使得我整天跟在父亲的身边，参加了他的种种工作与活动，得到了连一般男子都得不到的经验。为一切方便起见，我总是男装，常着军服。父母叫我"阿哥"，弟弟们称呼我"哥哥"，弄得后来我自己也忘其所以了。

父亲办公的时候，也常常有人带我出去，我的游踪所及，是旗台，炮台，海军码头，火药库，龙王庙。我的谈伴是修理枪炮的工人，看守火药库的残废兵士，水手，军官，他们多半是山东人，和蔼而质朴，他们告诉我以许多海上新奇悲壮的故事。有时也遇见农夫和渔人，谈些山中海上的家常。那时除了我的母亲和父亲同事的太太们外，几乎轻易见不到一个女性。

四岁以后，开始认字。六七岁就和我的堂兄表兄们同在家里读书。他们比我大了四五岁，仍旧是玩不到一处，我常常一个人走到山上海边去。那是极其熟识的环境，一草一石，一沙一沫，我都有无限的亲切。我常常独步在沙岸上，看潮来的时候，仿佛天地都飘浮了起来！潮退的时候，仿佛海岸和我都被吸卷了去！童稚的心，对着这亲切的"伟大"，常常感到怔忡。黄昏时，休息的军号吹起，四山回响，声音凄壮而悠长，那熟识的调子，也使我莫名其妙的要下泪，我不觉得自己的"闷"，只觉得自己的"小"。

因着没有游伴，我很小就学习看书，得了个"好读书，不求甚解"的习惯。我的老师很爱我，常常教我背些诗句，我似懂似不懂的有时很能欣赏。比如那"前不见古人，后不见来者，念天地之悠悠，独怆然而涕下。"我独立山头的时候，就常常默诵它。

离我们最近的城市，就是烟台，父亲有时带我下去，赴宴会，逛天后宫，或是听戏。父亲并不喜听戏，只因那时我正看《三国》，父亲就到戏园里点戏给我听，如《草船借箭》，《群英会》，《华容道》等。看见书上的人物，走上舞台，虽然不懂得戏词，我也觉得很高兴。所以我至今还不讨厌京戏，而且我喜听须生，花脸，黑头的戏。

再大一点，学会了些精致的淘气，我的玩具已从铲子和沙桶，进步到蟋蟀罐同风筝，我收集美丽的小石子，在磁缸里养着，我学作诗，写章回小说，但都不能终篇，因为我的兴趣，仍在户外，低头伏案的时候很少。

父亲喜欢种花养狗，公余之暇，这是他唯一的消遣。因此我从小不怕动物，对于花木，更有普遍的爱好。母亲不喜欢狗，却也爱花，夏夜我们常常在豆棚花架下，饮啤酒，汽水，乘凉。母亲很早就进去休息，父亲便带我到旗台上去看星，他指点给我各个星座的名称和位置。他常常说："你看星星不是很多很小，而且离我们很远么？但是我们海上的人一时都离不了它。在海上迷路的时候看见星星就如同看见家人一样。"因此我至今爱星甚于爱月。

父亲又常常带我去参观军舰，指点给我军舰上的一切，我只觉得处处都是整齐，清洁，光亮，雪白；心里总有说不出的赞叹同羡慕。我也常得亲近父亲的许多好友，如萨镇冰先生，黄赞侯先生——民国第一任海军部长黄钟瑛上将——他们都是极严肃，同时又极慈蔼，生活是那样纪律，那样恬淡，他们也作诗，同父亲常常唱和，他们这一班人是当时文人所称为的"裘带歌壶，翩翩儒将"。我当时的理想，是想学父亲，学父亲的这些好友，并不曾想到我的"性"阻止了我作他们的追随者。

这种生活一直连续到了十一岁，此后我们回到故乡——福州——去,生活起了很大的转变。我也不能不感谢这个转变!十岁以前的训练,若再继续下去,我就很容易变成一个男性的女人,心理也许就不会健全。因着这个转变,我才渐渐的从父亲身边走到母亲的怀里,而开始我的少女时期了。

童年的印象和事实,遗留在我的性格上的,第一是我对于人生态度的严肃,我喜欢整齐,纪律,清洁的生活,我怕看怕听放诞,散漫,松懈的一切。

第二是我喜欢空阔高远的环境,我不怕寂寞,不怕静独,我愿意常将自己消失在空旷辽阔之中。因此一到了野外,就如同回到了故乡,我不喜城居,怕应酬,我没有城市的嗜好。

第三是我不喜欢穿鲜艳颜色的衣服,我喜欢的是黑色,蓝色,灰色,白色。有时母亲也勉强我穿过一两次稍为鲜艳的衣服,我总觉得很忸怩,很不自然,穿上立刻就要脱去,关于这一点,我觉得完全是习惯的关系,其实在美好的品味之下,少女爱好天然,是应该"打扮"的!

第四是我喜欢爽快,坦白,自然的交往。我很难勉强我自己做些不愿意做的事,见些不愿意见的人,吃些不愿意吃的饭!母亲常说这是"任性"之一种,不能成为"伟大"的人格。

第五是我一生对于军人普遍的尊敬,军人在我心中是高尚,勇敢,纪律的结晶。关系军队的一切,我也都感到兴趣。

说到童年,我常常感谢我的好父母,他们养成我一种恬淡,"返乎自然"的习惯,他们给我一个快乐清洁的环境,因此,在任何环境里都能自足,知足。我尊敬生命,宝爱生命,我对于人类没有怨恨,我觉得许多缺憾是可以改进的,只要人们有决心,肯努力。

这不是一件容易事,因为生命是一张白纸,他的本质无所谓痛苦,也无所谓快乐。我们的人生观,都是环境形成的。相信人生是向上的人,自己有了勇气,别人也因而快乐。

我不但常常感念我的父母,我也常常警惕我们应当怎样做父母。

一九四二年三月二十七日,歌乐山

这篇文章是我四十年前在重庆写的。那时我的学生李曼瑰正在编一种妇女刊物,她给我出了这个题目。因为当时常有人要我"做些不愿意做的事,说些不愿意说的话,见些不愿意见的人",而我却很难勉强我自己那样做,我就借这机会发挥了我的意见。写过以后我就把这篇《我的童年》忘得干干净净!这次卓如同志替《新文学史料丛书》编我的《记事珠》,又从重庆的刊物上抄了出来,我读了如见故人。因为这篇短文里的末一句有:"我不但常常感念我的父母,我也常常警惕我们应当怎样做父母。"当《父母必读》的编辑来向我索稿的时候,我只好拿这篇旧作来塞责。不知对四十年后的父母,有没有参考的价值?

一九八二年八月二十四日

我的母亲

谈到女人,第一个涌上我的心头的,就是我的母亲,因在我的生命中,她是第一个对我失望的女人。

在我以前,我有两个哥哥,都是生下几天就夭折的,算命的对她说:"太太,你的命里是要先开花后结果的,最好能先生下一个姑娘,庇护以后的少爷。"因此,在她怀我的时候,她总希望是一个女儿。她喜欢头生的是一个姑娘,会帮妈妈看顾弟妹、温柔、体贴、分担忧愁。不料生下我来,又是一个儿子。在合家欢腾之中,母亲只是默然的躺在床上。祖父同我的姑母说:"三嫂真怪,生个儿子还不高兴!"

母亲究竟是母亲,她仍然是不折不扣的爱我,只是常常念道:"你是儿子兼女儿的,你应当有女儿的好处才行。"我生后三天,祖父拿着我的八字去算命。算命的还一口咬定这是女孩的命,叹息着说:"可惜是个女孩子,否则准作翰林。"母亲也常常拿我取笑说:"如今你是一个男子,就应当真作个翰林了。"幸而我是生在科举久废的新时代,否则,以我的才具而论,哪有三元及第荣宗耀祖的把握呢?

在我底下,一连串的又来了三个弟弟,这使母亲更加失望。然而这三个弟弟倒是个个留住了。当她抱怨那个算命的不灵的时候,我们总笑着说,我们是"无花果",不必开花而即累累结实的。

母亲对于我的第二个失望,就是我总不想娶亲。直至去世时为止，她总认为我的一切，都能使她满意，所差的就是我竟没有替她娶回一位，有德有才而又有貌的媳妇。其实，关于这点，我更比她着急，只是时运不济，没有法子。在此情形之下，我只有竭力鼓励我的弟弟们先我而娶，替他们介绍"朋友"，造就机会。结果，我的二弟，在二十一岁大学刚毕业时就结了婚。母亲跟前，居然有了一个温柔贤淑的媳妇，不久又看见了一个孙女的诞生，于是她才相当满足地离开了人世。

如今我的三个弟弟都已结过婚了，他们的小家庭生活，似乎都很快乐。我的三个弟妇，对于我这老兄，也都极其关切与恭敬。只有我的二弟妇常常笑着同我说："大哥，我们做了你的替死鬼，你看在这兵荒马乱米珠薪桂的年头，我们这五个女孩子怎么办？你要代替我们养一两个才行。"她怜惜的抚摩着那些黑如鸦羽的小头。她哪里舍得给我养呢！那五个女孩子围在我的膝头，一齐抬首的时候，明艳得如同一束朝露下的红玫瑰花。

母亲死去整整十年了。去年父亲又已逝世。我在各地飘泊，依然是个孤身汉子。弟弟们的家，就是我的家，那里有欢笑，有温情，有人照应我的起居饮食，有人给我缝衣服补袜子。我出去的时候，回来总在店里买些糖果，因为我知道在那栏杆上，有几个小头伸着望我。去年我刚到重庆，就犯了那不可避免的伤风，头痛得七八天睁不开眼，把一切都忘了。一天早晨，航空公司给我送来一个包裹，是几个小孩子寄来的，其中的小包裹是从各地方送到，在香港集中的。上面有一个卡片，写着："大伯伯，好些日子不见信了，圣诞节你也许忘了我们，但是我们没有忘了你！"我的头痛立刻好了，漆黑的床前，似乎竖起了一棵烛光辉煌的圣诞树！

回来再说我的母亲吧。自然，天下的儿子，至少有百分之七十，认为他的母亲乃是世界上最好的母亲。我则以为我的母亲，乃是世界上最好的母亲中最好的一个。不但我如此想，我的许多朋友也如此说。她不但是我的母亲,而且是我的知友。我有许多话不敢同父亲说的,敢同她说;不能对朋友提的,能对她提。她有现代的头脑,稳静公平的接受现代的一切。她热烈的爱着"家",以为一个美好的家庭,乃是一切幸福和力量的根源。她希望我早点娶亲,目的就在愿意看见我把自己的身心,早点安置在一个温暖快乐的家庭里面。然而,我的至爱的母亲,我现在除了"尚未娶妻"之外,并没有失却了"家"之一切!

我们的家,确是一个安静温暖而又快乐的家。父亲喜欢栽花养狗;母亲则整天除了治家之外,不是看书,就是做活,静悄悄的没有一点声息。学伴们到了我们家里,自然而然的就会低下声来说话。然而她最鼓励我们运动游戏,外院里总有秋千、杠子等等设备。我们学武术,学音乐(除了我以外,弟弟们都有很好的成就)。母亲总是高高兴兴的接待父亲和我们的朋友。朋友们来了,玩得好,吃得好,总是欢喜满足的回去。却也有人带着眼泪回家,因为他想起了自己死去的母亲,或是他的母亲,同他不曾发生什么情感的关系。

我的父亲是大家庭中的第三个儿子。他的兄弟姊妹很多,多半是不成材的,于是他们的子女的教养,就都堆在父亲的肩上。对于这些,母亲充分的帮了父亲的忙,父亲付与了一份的财力,母亲贴上了全副的精神。我们家里总有七八个孩子同住,放假的时候孩子就更多。母亲以孱弱的身体,来应付支持这一切,无论多忙多乱,微笑没有离开过她的嘴角。我永远忘不了母亲逝世的那晚,她的床侧,昏倒了我的一个身为军人的堂哥哥!

母亲又有知人之明,看到了一个人,就能知道这人的性格。故对于父亲和我们的朋友的选择,她都有极大的帮助。她又有极高的鉴赏力,无论屋内的陈设,园亭的布置,或是衣饰的颜色和式样等,经她一调动,就显得新异不俗。我记得有一位表妹,在赴茶会之前,打扮得花枝招展的,到了我们的家里;母亲把她浑身上下看了一遍,笑说:"元元,你打扮得太和别人一样了。人家抹红嘴唇,你也抹红嘴唇,人家涂红指甲,你也涂红指甲,这岂非反不引起他人的注意?你要懂得'万朵红莲礼白莲'的道理。"我们都笑了,赞同母亲的意见。表妹立刻在母亲妆台前洗净铅华,换了衣饰出去;后来听说她是那晚茶会中,被人称为最漂亮的一个。

母亲对于政治也极关心。三十年前,我的几个舅舅,都是同盟会的会员,平常传递消息,收发信件,都由母亲出面经手。我还记得在我八岁的时候,一个大雪夜里,帮着母亲把几十本《天讨》,一卷一卷的装在肉松筒里,又用红纸条将筒口封了起来,寄了出去。不久收到各地的来信说:"肉松收到了,到底是家制的,美味无穷。"我说:"那些不是书吗?……"母亲轻轻的捏了我一把,附在我的耳朵上说:"你不要说出去。"

辛亥革命时,我们正在上海,住在租界旅馆里。我的职务,就是天天清早在门口等报,母亲看完了报就给我们讲。她还将她所仅有的一点首饰,换成洋钱,捐款劳军。我那时才十岁,也将我所仅有的十块压岁钱捐了出去,是我自己走到申报馆去交付的。那两纸收条,我曾珍重的藏着,抗战起来以后不知丢在哪里了。

"五四"以后,她对新文化运动又感了兴趣。她看书看报,不让时代把她丢下。她不反对自由恋爱,但也注重爱情的专一。我的一个女同学,同人"私奔"了,当她的母亲走到我们家里"垂涕而道"的时候,父亲还很气愤,母亲却不作声。客人去后,她说:"私奔也不要紧,本来仪式算不了什么,只要他们始终如一就行。"

诸如此类,她的一言一动,成了她的儿子们的指南针。她对我的弟弟们的择偶,从不直接说什么话,总说:"只要你们喜爱的,妈妈也就喜爱。"但是我们的性格品味已经造成了,妈妈不喜爱的,我们也决不会喜爱。

她已死去十年了。抗战期间,母亲若还健在,我不知道她将做些什么事情，但我至少还能看见她那永远微笑的面容，她那沉静温柔的态度，她将以卷《天讨》的手，卷起她的每一个儿子的畏惧懦弱的心！

她是一个典型的贤妻良母，至少母亲对于我们解释贤妻良母的时候，她以为贤妻良母，应该是丈夫和子女的匡护者。

关于妇女运动的各种标语，我都同意，只有看到或听到"打倒贤妻良母"的口号时，我总觉得有点逆耳刺眼。当然，人们心目中"妻"与"母"是不同的，观念亦因之而异。我希望她们所要打倒的，是一些怯弱依赖的软体动物，而不是像我的母亲那样的女人。

我的教师

第二个女人,我永远忘不掉的,是T女士,我的教师。

我从小住在偏僻的乡村里,没有机会进小学,所以只在家塾里读书,国文读得很多,历史地理也还将就得过,吟诗作文都学会了,且还能写一两千字的文章。只是算术很落后,翻来覆去,只做到加减乘除,因为塾师自己的算学程度,也只到此为止。

十二岁到了北平,我居然考上了一个中学,因为考试的时候,校长只出一个"学然后知不足"的论说题目。这题目是我在家塾里做过的,当时下笔千言,一挥而就,校长先生大为惊奇赞赏,一下子便让我和中学一年生同班上课。上课两星期以后,别的功课我都能应付裕如,作文还升了一班,只是算术把我难坏了。中学的算术是从代数做起的,我的算学底子太坏,脚跟站不牢,昏头眩脑,踏着云雾似的上课,T女士便在这云雾之中,飘进了我的生命中来。

她是我们的代数和历史教员,那时也不过二十多岁吧。"螓首蛾眉,齿如编贝"这八个字,就恰恰的可以形容她。她是北方人,皮肤很白嫩,身材很窈窕,又很容易红脸,难为情或是生气,就立刻连耳带颈都红了起来,我最怕的是她红脸的时候。

同学中敬爱她的,当然不止我一人,因为她是我们的女教师中间最美丽,最和平,最善诱的一位。她的态度,严肃而又和蔼,讲述时简单而又清晰。她善用譬喻;我们每每因着譬喻的有趣,而连带的牢记了原理。

第一个月考，我的历史得九十九分，而代数却只得了五十二分，不及格！当我下堂自己躲在屋角流泪的时候，觉得有只温暖的手，抚着我的肩膀，抬头却见 T 女士挟着课本，站在我的身旁。我赶紧擦了眼泪，站了起来。她温和的问我道："你为什么哭？难道是我的分数打错了？"我说："不是的，我是气我自己的数学底子太差。你出的十道题目，我只明白一半。"她就软款温柔的坐下，仔细问我的过去。知道了我的家塾教育以后，她就恳切的对我说："这不能怪你。你中间跳过了一大段！我看你还聪明：补习一定不难，以后你每天晚一点回家，我替你补习算术吧。"

这当然是她对我格外的爱护，因为算术不曾学过的，很有退班的可能；而且她很忙，每天匀出一个钟头给我，是额外的恩惠。我当时连忙答允，又再三的道谢。回家去同母亲一说，母亲尤其感激，又仔细的询问 T 女士的一切，她觉得 T 女士是一位很好的教师。

从此我每天下课后，就到她的办公室，补习一个钟头的算术，把高小三年的课本，在半年以内赶完了。T 女士逢人便称道我的神速聪明。但她不知道我每天回家以后，用功直到半夜，因着习题的烦难，我曾流过许多焦急的眼泪，在泪眼模糊之中，灯影下往往涌现着 T 女士美丽慈和的脸，我就仿佛得了灵感似的，擦去眼泪，又赶紧往下做。那时我住在母亲的套间里，冬天的夜里，烧热了砖炕，点起一盏煤油灯，盘着两腿坐在炕桌边上，读书习算。到了夜深，母亲往往叫人送冰糖葫芦，或是赛梨的萝卜，来给我消夜。直到现在，每逢看见孩子做算术，我就会看见 T 女士的笑脸，脚下觉得热烘烘的，嘴里也充满了萝卜的清甜气味！

算术补习完毕，一切难题，迎刃而解，代数同几何，我全是不费工夫的做着；我成了同学们崇拜的中心，有什么难题，他们都来请教我。因着 T 女士的关系，我对于算学真是心神贯注，竟有几个困难的习题，是在夜中苦想，梦里做出来的。我补完算术以后，母亲觉得对于T女士应有一点表示,她自己跑到福隆公司,买了一件很贵重的衣料,叫我送去。T女士却把礼物退了回来,她对我母亲说:"我不是常替学生补习的,我不能要报酬。我因为觉得令郎别样功课都很好,只有算学差些,退一班未免太委屈他。他这样的赶,没有赶出毛病来,我已经是很高兴的了。"母亲不敢勉强她,只得作罢。有一天我在东安市场,碰见T女士也在那里买东西。看见摊上挂着的挖空的红萝卜里面种着新麦秧,她不住地夸赞那东西的巧雅,颜色的鲜明,可是因为手里东西太多,不能再拿,割爱了。等她走后,我不曾还价,赶紧买了一只萝卜,挑在手里回家。第二天一早又挑着那只红萝卜,按着狂跳的心,到她办公室去叩门。她正预备上课,开门看见了我和我的礼物,不觉嫣然的笑了,立刻接了过去,挂在灯下,一面说:"谢谢你,你真是细心。"我红着脸出来,三步两跳跑到课室里,嘴里不自觉的唱着歌,那一整天我颇觉得有些飘飘然之感。

因着补习算术,我和她对面坐的时候很多,我做着算题,她也低头改卷子。在我抬头凝思的时候,往往注意到她的如云的头发,雪白的脖子,很长的低垂的睫毛和穿在她身上稳称大方的灰布衫,青裙子,心里渐渐生了说不出的敬慕和爱恋。在我偷看她的时候,有时她的眼光正和我的相值,出神的露着润白的牙齿向我一笑,我就要红起脸,低下头,心里乱半天,又喜欢,又难过,自己莫名其妙。

从校长到同学,没有一个愿意听到有人向T女士求婚的消息。校长固不愿意失去一位好同事,我们也不愿意失去一位好教师,同时我们还有一种私意,以为世界上根本就没有一个男子,配作T女士的丈夫,然而向T女士求婚的男子,那时总在十个以上,有的是我们的男教师,有的是校外的人士。我们对于T女士的追求者,一律的取一种讥笑鄙夷的态度。对于男教师们,我们不敢怎么样,只在背地里替他们起上种种的绰号，如"癫虾蟆"、"双料癫虾蟆"之类。对于校外的人士，我们的胆子就大一些，看见他们坐在会议室里或是在校门口徘徊，我们总是大声咳嗽，或是从他们背后投些很小的石子，他们回头看时，我们就三五成群的哄哄笑着，昂然走过。

T女士自己对于追求者的态度，总是很庄重很大方。对于讨厌一点的人，就在他们的情书上，打红叉子退了回去。对于不大讨厌的，她也不取积极的态度，仿佛对于婚姻问题不感着兴趣。她很孝，因为没有弟兄，她便和她的父亲守在一起，下课后常常看见她扶着老人，出来散步，白发红颜，相映如画。

在这里，我要供招一件很可笑的事实，虽然在当时并不可笑。那时我们在圣经班里，正读着"所罗门雅歌"，我便模仿雅歌的格调，写了些赞美T女士的句子，在英文练习簿的后面，一页一页的写下叠起。积了有十几篇，既不敢给人看，又不忍毁去。那时我们都用很厚的牛皮纸包书面，我便把这十几篇尊贵的作品，折存在两层书皮之间。有一天被一位同学翻了出来，当众诵读，大家都以为我是对于隔壁女校的女生，发生了恋爱，大家哄笑。我又不便说出实话，只好涨红着脸，赶过去抢来撕掉。从此连雅歌也不敢写了，那年我是十五岁。

我从中学毕业的那一年，T女士也离开了那学校，到别地方作事去了，但我们仍常有见面的机会。每次看见我，她总有勉励安慰的话，也常有些事要我帮忙，如翻译些短篇文字之类，我总是谨慎将事，宁可将大学里功课挪后，不肯耽误她的事情。

她做着很好的事业，很大的事业，至死未结婚。六年以前，以牙疾死于上海，追悼哀殓她的，有几万人。我是在从波士顿到纽约的火车上，得到了这个消息，车窗外飞掠过去的一大片的枫林秋叶，尽消失了艳红的颜色，我忽然流下泪来，这是母亲死后第一次的流泪。

我的奶娘

我的奶娘也是我常常怀念的一个女人，一想到她，我童年时代最亲切的琐事，都活跃到眼前来了。

奶娘是我们故乡的乡下人，大脚，圆脸，一对笑眼（一笑眼睛便闭成两道缝），皮肤微黑，鼻子很扁。记得我小的时候很胖，人家说我长得像奶娘，我已觉得那不是句恭维的话。母亲生我之后，病了一场，没有乳水，祖父很着急的四处寻找奶妈，试了几个，都不合适，最后她来了，据说是和她的婆婆怄气出来的，她新死了一个三个月的女儿，乳汁很好。祖父说我一到她的怀里就笑，吃了奶便安稳睡着。祖父很欢喜说："胡嫂，你住下吧，荣官和你有缘。"她也就很高兴的住下了。

世上叫我"荣官"的只有两个人，一个是我的祖父，一个便是我的奶娘。我总记得她说："荣官呀，你要好好读书，大了中举人，中进士，作大官，挣大钱，娶个好媳妇，儿孙满堂，那时你别忘了你是吃了谁的奶长大的！"她说这话的时候，我总是在玩着，觉得她粗糙的手，摸在我脖子上，怪解痒的，她一双笑眼看着我，我便满口答允了。如今回想，除了我还没有忘记"是吃了谁的奶长大的"之外，既未作大官，又未挣大钱，至于"娶个好媳妇"这一段，更恐怕是下辈子的事了！

我们一家人，除了佣人之外，都欢喜她，祖父因为宠我，更是宠她。奶娘一定要吃好的，为的是使乳水充足；要穿新的，为的是要干净。父亲不常回来，回来时看见我肥胖有趣，也觉得这奶妈不错。母亲对谁都好，对她更是格外的宽厚。奶娘常和我说："你妈妈是个菩萨，做好人没有错处，修了个好丈夫，好儿子。就是一样，这班下人都让她惯坏了，个个作恶营私，这些没良心的人，老天爷总有一天睁开眼！"

那时我母亲主持一个大家庭，上下有三十多口，奶娘既以半主自居，又非常的爱护我母亲，便成了一般婢仆所憎畏的人。她常常拿着秤，到厨房里去称厨师父买的菜和肉，夜里拍我睡了以后，就出去巡视灯火，察看门户。母亲常常婉告她说："你只看管荣官好了，这些事用不着你操心，何苦来叫人家讨厌你。"她起先也只笑笑，说多了就发急。记得有一次，她哭了，说："这些还不是都为你！你是一位菩萨，连高声说话都没说过，眼看这一场家私都让人搬空了，我看不过，才来帮你一点忙，你还怪我。"她一边数落，一边擦眼泪。母亲反而笑了，不说什么。父亲忍着笑，正色说："我们知道你是好心，不过你和太太说话，不必这样发急，'你'呀'我'的，没了规矩！"我只以为她是同我母亲拌嘴，便在后面使劲的捶她的腿，她回头看看，一把拉起我来，背着就走。

说也奇怪，我的抗日思想，还是我的奶娘给培养起来的。大约是在八九岁的时候，有一位堂哥哥带我出去逛街，看见一家日本的御料理，他说要请我吃"鸡素烧"，我欣然答应。脱鞋进门，地板光滑，我们两人拉着手溜走，我已是很高兴。等到吃饭的时候，我和堂哥对跪在矮几的两边，上下首跪着两个日本侍女，擦着满脸满脖子的怪粉，梳着高高的髻，油香逼人。她们手忙脚乱，烧鸡调味，殷勤劝进，还不住的和我们说笑。吃完饭回来，我觉得印象很深，一进门便一五一十的告诉了我的奶娘。她素来是爱听我的游玩报告的，这次却睁大了眼睛，沉着脸，说："你哥哥就不是好人，单拉你往那些地方跑！下次再去，我就告诉你的父亲打你！"我吓得不敢再说。过了许多日子,偶然同母亲提起,母亲倒不觉得这是一件坏事,还向奶娘解释,说:"侄少爷不是一个荒唐人,他带荣官去的地方是日本饭馆子,日本的规矩,是侍女和客人坐在一起的。"奶娘扭过头去说:"这班不要脸的东西!太太,您大门不出,二门不迈的,哪里知道这些事呀!告诉您听吧,东洋人就没有一个好的:开馆子的、开洋行的、卖仁丹的,没有一个安着好心,连他们的领事都是他们一伙,而且就是贼头。他们的饭馆侍女,就是窑姐,客人去吃一次,下次还要去。洋行里卖胃药,一吃就上瘾。卖仁丹的,就是眼线,往常到我们村里,一次、两次、三次,头一次画下了图,第二次再来察看,第三次就竖起了仁丹的大板牌子。他们画图的时候,有人在后面偷偷看过,哪地方有树,哪地方有井……都记得清清楚楚。您记着我的话,将来我们这里,要没有东洋人造反,您怎样罚我都行!"父亲在旁边听着,连连点头,说:"她这话有道理,我们将来一定还要吃日本人的亏。"奶娘因为父亲赞成她,更加高兴了,说:"是不是?老爷也知道,我们那几亩地,那一间杂货铺,还不是让日本人强占去的?到东洋领事那里打了一场官司,我们孩子的爸爸回来就气死了,临死还叫了一夜:'打死日本人,打死东洋鬼。'您看,若不是……我还不至于……",她兴奋得脸也红了,嘴唇哆嗦着,眼里也充满了泪光。母亲眼眶也红了。父亲站了起来,说:"荣官,你带奶娘回屋歇一歇吧。"我那时只觉得又愤激又抱愧,听见父亲的话,连忙拉她回到屋里。这一段话,从来没听见她说过,等她安静下来,我又问她一番。她叹口气抚摩着我说:"你看我的命多苦,只生了一个女儿,还长不大。只因我没有儿子,我的婆婆整天哭她的儿子,还诅咒我,说她儿子的仇,一辈子没人报了。我一赌气,便出来当奶娘。我想奶一个大人家的少爷,将来像薛仁贵似的跨海征东,堵了我婆婆的嘴,出了我那死鬼男人的气。你大了……"我赶紧搂着她的脖子说:"你放心,我大了一定去跨海征东,打死日本人，打死东洋鬼！"眼泪滚下了她的笑脸，她也紧紧的搂着我，轻轻的摇晃着，说："这才是我的好宝贝！"

从此我恨了日本人，每次奶娘带我到街上去，遇见日本人，或经过日本人的铺子，我们互搀着的手，都不由的捏紧了起来。我从来不肯买日本玩具，也不肯接受日货的礼物。朋友们送给我的日俄战争图画，我把上面的日本旗帜，都用小刀刺穿。稍大以后，我很用心的读日本地理，看东洋地图，因为我知道奶娘所厚望于我的，除了"作大官，挣大钱，娶个好媳妇"以外，还有"跨海征东"这一件事。

我的奶娘，有气喘的病，不服北方的水土，所以我们搬到北平的时候，她没有跟去。不过从祖父的信里，常常听到她的消息，她常来看祖父，也有时在祖父那里做些短工。她自己也常常请人写信来，每信都问荣官功课如何，定婚了没有。也问北方的佣人勤谨否。又劝我母亲驭下要恩威并济，不要太容纵了他们。母亲常常对我笑说："你奶娘到如今还管着我，比你祖父还仔细。"

母亲按月寄钱给她零用，到了我经济独立以后，便由我来供给她。我们在家里，常常要想到她，提到她，尤其是在国难期间，她的恨声和眼泪，总悬在我的眼前。在日本提出二十一条和"五四"那年，学生游行示威的时候，同学们在高呼"打倒日本帝国主义"，我却心里在喊"打死东洋鬼"。仿佛我的奶娘在牵着我的手，和我一同走，和我一同喊似的。

抗战的前两年，我有一个学生到故乡去做调查工作，我托他带一笔款子送给我的奶娘，并托他去访问。替她照一张相片。学生回来时，带来一封书信，一张相片，和一只九成金的戒指。相片上的奶娘是老得多了，那一双老眼却还是笑成两道缝。信上是些不满意于我的话，她觉得弟弟们都结婚了，而我将近四十岁还是单身，不是一个孝顺的长子。因此她寄来一只戒指，是预备送给我将来的太太的。这只戒指和一只母亲送给我的手表,是我仅有的贵重物品,我有时也带上它,希望可以做一个"娶媳妇"的灵感!

抗战后,死生流转,奶娘的消息便隔绝了。也许是已死去了吧,我辗转都得不到一点信息。我的故乡在两月以前沦陷了,听说焚杀得很惨,不知那许多牺牲者之中,有没有我那良善的奶娘?我倒希望她在故乡沦陷以前死去。否则她没有看得见她的荣官"跨海征东",却赶上了"东洋人造反",我不能想象我的亲爱的奶娘那种深悲狂怒的神情……

安息吧,这良善的灵魂。抗战已进入了胜利阶段,能执干戈的中华民族的青年,都是你的儿子,跨海征东之期,不在远了!

我的同学

不知女人在一起的时间,是常谈到男人不是?我们一班朋友在一起的时候,的确常谈着女人,而且常常评论到女人的美丑。

我们所引以自恕的,是我们不是提起某个女人,来品头论足;我们是抽象的谈到女人美丑的标准。比如说,我们认为女人的美可分为三种:第一种是乍看是美,越看越不美;第二种是乍看不美,越看越觉出美来;第三种是一看就美,越看越美!

第一种多半是身段窈窕,皮肤洁白的女人,瞥见时似乎很动人,但寒暄过后,坐下一谈,就觉得她眉画得太细,唇涂得太红,声音太粗糙,态度太轻浮,见过几次之后,你简直觉得她言语无味,面目可憎。

第二种往往是装束素朴,面目平凡的女人,乍见时不给人以特别的印象。但在谈过几次话,同办过几次事以后,你会渐渐的觉得她态度大方,办事稳健,雅淡的衣饰,显出她高洁的品味;不施铅华的脸上,常常含着柔静的微笑,这种女人,认识了之后,很不易使人忘掉。

第三种女人,是鸡群中的仙鹤,万绿丛里的一点红光!在万人如海之中,你会毫不迟疑的把她拣拔了出来。事实上,是在不容你迟疑之顷,她自己从人丛中浮跃了出来,打击在你的眼帘上。这种女人,往往是在"修短合度,秾纤适中……芳泽无加,铅华弗御"的躯壳里,投进了一个玲珑高洁的灵魂。她的一言一笑,一举一动,都流露着一种神情，一种风韵，既流丽，又端庄，好像白莲出水，玉立亭亭。

假如有机会多认识她，你也许会发现她态度从容，辩才无碍，言谈之际，意暖神寒。这种女人，你一生至多遇见一两次，也许一次都遇不见！

我也就遇见过一次！

C女士是我在大学时的同学，她比我高两班。我入大学的第一天，在举行开学典礼之前一小时，在大礼堂前的长廊上，瞥见了她。

那时的女同学，都还穿着制服，一色的月白布衫，黑绸裙儿，长蛇般的队伍，总有一二百个。在人群中，那竹布衫子，黑绸裙子，似乎特别的衬托出C女士那夭矫的游龙般的身段。她并没有大声说话，也不曾笑，偶然看见她和近旁的女伴耳语，一低头，一侧面，只觉得她眼睛很大，极黑，横波入鬓，转盼流光。

及至进入礼堂坐下——我们是按着班次坐的，每人有一定的坐位——她正坐在我右方前三排的位子上，从从容容略向右倚。我正看一个极其美丽潇洒的侧影：浓黑的鬓发，一个润厚的耳郭，洁白的颈子，美丽的眼角和眉梢。台上讲话的人，偶然有引人发笑之处，总看见她微微的低下头，轻轻的举起左手，那润白的手指，托在腮边，似乎在微笑，又似乎在忍着笑。这印象我极其清楚，也很深。以后的两年中，直到她毕业时为止，在集会的时候，我总在同一座位上，看到这美丽的侧影。

我们虽不同班，而见面的时候很多，如同歌咏队，校刊编辑部，以及什么学会等等。她是大班的学生，人望又好，在每一团体，总是负着重要的责任。任何集会，只要有C女士在内，人数到的总是齐全，空气也十分融和静穆，男同学们对她固然敬慕，女同学们对她也是极其爱戴，我没有听见一个同学，对她有过不满的批评。

C女士是广东人，却在北方生长，一口清脆的北平官话。在集会中，我总是下级干部，在末座静静的领略她稳静的风度，听取她简洁的谈话。她对女同学固然亲密和气，对男同学也很谦逊大方，她的温和的笑，解除了我们莫名其妙的局促和羞涩，我觉得我并不是常常红脸的人，对别的女同学，我从不觉得踧踖。但我看不只我一个人如此，许多口能舌辩的男同学，在 C 女士面前，也往往说不出话来，她是一轮明丽的太阳，没有人敢向她正视。

我知道有许多大班的男同学，给她写过情书，她不曾答复，也不存芥蒂，我们也不曾听说她在校外有什么爱人。我呢？年少班低，连写情书的思念也不敢有过，但那几年里，心目中总是供养着她。直至现在，梦中若重过学生生活，梦境中还常常有着 C 女士，她或在打球，或在讲演，一朵火花似的，在我迷离的梦雾中燃烧跳跃。这也许就是老舍先生小说中所谓之"诗意"吧！我算对得起自己的理想，我一辈子只有这么一次"诗意"！

在 C 女士将要毕业的一年，我同她演过一次戏，在某一幕中，我们两人是主角，这一幕剧我永远忘不了！那是梅德林克的《青鸟》中之一幕。那年是华北旱灾，学校里筹款赈济，其中有一项是演剧募捐，我被选为戏剧股主任。剧本是我选的，我译的，演员也是我请的。我自己担任了小主角，请了 C 女士担任"光明之神"。上演之夕，到了进入"光明殿"之一幕，我从黑暗里走到她的脚前，抬头一望，在强烈的灯光照射之下，C 女士散披着洒满银花的轻纱之衣，扶着银杖。经过一番化妆，她那对秀眼，更显得光耀深大，双颊绯红，樱唇欲滴。及至我们开始对话，她那银铃似的声音，虽然起始有点颤动，以后却愈来愈清爽，愈嘹亮，我也如同得了灵感似的，精神焕发，直到终剧。我想，那夜如果我是个音乐家，一定会写出一部交响曲，我如果是一个诗人，一定会作出一首长诗。可怜我什么都不是，我只做了半夜光明的乱梦！

等到我自己毕业以后，在美国还遇见她几次，等到我回国在母校教书，听说她已和一位姓 L 的医生结婚，住在天津。同学们聚在一起，常常互相报告消息，说她的丈夫是个很好的医生，她的儿女也像她那样聪明美丽。

我最后听到她的消息，是在抗战前十天，我刚从欧洲归来，在一位美国老教授家里吃晚饭。他提起一星期以前，他到天津演讲，演讲后的茶会中，有位极漂亮的太太，过来和他握手，他搔着头说："你猜是谁？就是我们美丽的 C！我们有八九年没有见面了，真是使人难以相信，她还是和从前一样的好看，一样的年轻，……你记得 C 吧？"我说："我哪能不记得？我游遍了东京、纽约、伦敦、巴黎、罗马、柏林、莫斯科……我还没有遇见过比她还美丽的女人！"

又六年没有消息了，我相信以她的人格和容貌的美丽，她的周围随处都可以变成光明的天国。愿她享受她自己光明中之一切，愿她的丈夫永远是个好丈夫，她的儿女永远是些好的儿女。因为她的丈夫是有福的，她的儿女也是有福的！

山中杂记

大夫说是养病，我自己说是休息，只觉得在拘管而又浪漫的禁令下，过了半年多。这半年中有许多在童心中可惊可笑的事，不足为大人道。只盼他们看到这几篇的时候，唇角下垂，鄙夷的一笑，随手的扔下。而有两三个孩子，拾起这一张纸，渐渐的感起兴味，看完又彼此嘻笑，讲说，传递；我就已经有说不出的喜欢！本来我这两天有无限的无聊。天下许多事都没有道理，比如今天早起那样的烈日，我出去散步的时候，热得头昏。此时近午，却又阴云密布，大风狂起。廊上独坐，除了胡写，还有什么事可做呢？

一九二四年六月二十三日，沙穰

（一）我怯弱的心灵

我小的时候，也和别的孩子一样，非常的胆小。大人们又爱逗我，我的小舅舅说什么《聊斋》，什么《夜谈随录》，都是些僵尸，白面的女鬼等等。在他还说着的时候，我就不自然的惴惴的四顾，塞坐在大人中间，故意的咳嗽。睡觉的时候，看着帐门外，似乎出其不意的也许伸进一只鬼手来。我只这样想着，便用被将自己的头蒙得严严地，结果是睡得周身是汗！

十三四岁以后，什么都不怕了。在山上独自中夜走过丛冢，风吹草动，我只回头凝视。满立着狰狞的神像的大殿，也敢在阴暗中小立。母亲屡屡说我胆大，因为她像我这般年纪的时候，还是怯弱的很。

我白日里的心，总是很宁静，很坚强，不怕那些看不见的鬼怪。只是近来常常在梦中，或是在将醒未醒之顷，一阵悚然，从前所怕的牛头马面，都积压了来，都聚围了来。我呼唤不出，只觉得怕得很，手足都麻木，灵魂似乎蜷曲着。挣扎到醒来，只见满山的青松，一天的明月。洒然自笑，——这样怯弱的梦，十年来已绝不做了，做这梦时，又有些悲哀！童年的事都是有趣的，怯弱的心情，有时也极其可爱。

（二）埋存与发掘

山中的生活，是没有人理的。只要不误了三餐和试验体温的时间，你爱做什么就做什么，医生和看护都不来拘管你。正是童心乘时再现的时候，从前的爱好，都拿来重温一遍。

美国不是我的国，沙穰不是我的家。偶以病因缘，在这里游戏半年，离此后也许此生不再来。不留些纪念，觉得有点过意不去，于是我几乎每日做埋存与发掘的事。

我小的时候，最爱做这些事：墨鱼脊骨雕成的小船，五色纸粘成的小人等等，无论什么东西，玩够了就埋起来。树叶上写上字，掩在土里。石头上刻上字，投在水里。想起来时就去发掘看看，想不起来，也就让它悄悄的永久埋存在那里。

病中不必装大人，自然不妨重做小孩子！游山多半是独行，于是随时随地留下许多纪念，名片，西湖风景画，用过的纱巾等等，几乎满山中星罗棋布。经过芍药花下，流泉边，山亭里，都使我微笑，这其中都有我的手泽！兴之所至，又往往去掘开看看。

有时也遇见人，我便扎煞着泥污的手，不好意思的站了起来。本来这些事很难解说。人家问时，说又不好，不说又不好，迫不得已只有一笑。因此女伴们更喜欢追问，我只有躲着她们。

那一次一位旧朋友来，她笑说我近来更孩子气，更爱脸红了。童心的再现，有时使我不好意思是真的，半年的休养，自然血气旺盛，脸红那有什么爱不爱的可言呢？

（三）古国的音乐

去冬多有风雪。风雪的时候，便都坐在广厅里，大家随便谈笑，开话匣子，弹琴，编绒织物等等，只是消磨时间。

荣是希腊的女孩子，年纪比我小一点，我们常在一处玩。她以古国国民自居，拉我做伴，常常和美国的女孩子戏笑口角。

我不会弹琴，她不会唱，但闷来无事，也就走到琴边胡闹。翻来覆去的只是那几个简单的熟调子。于是大家都笑道："趁早停了罢，这是什么音乐？"她傲然的叉手站在琴旁说："你们懂得什么？这是东西两古国，合奏的古乐，你们哪里配领略！"琴声仍旧不断，歌声愈高，别人的对话，都不相闻。于是大家急了，将她的口掩住，推到屋角去，从后面连椅子连我，一齐拉开，屋里已笑成一团！

最妙的是连"印第阿那的月"等等的美国调子，一经我们用过，以后无论何时，一听得琴声起，大家都互相点头笑说："听古国的音乐呵！"

（四）雨雪时候的星辰

寒暑表降到冰点下十八度的时候，我们也是在廊下睡觉。每夜最熟识的就是天上的星辰了。也不过只是点点闪烁的光明，而相看惯了，偶然不见，也有些想望与无聊。

连夜雨雪，一点星光都看不见。荷和我拥衾对坐，在廊子的两角，遥遥谈话。

荷指着说："你看维纳司（Venus）升起了！"我抬头望时，却是山路转折处的路灯。我怡然一笑，也指着对山的一星灯火说："那边是周彼得（Jupiter）呢！"

愈指愈多，松林中射来零乱的风灯，都成了满天星宿。真的，雪花隙里，看不出天空和山林的界限，将繁灯当做繁星，简直是抵得过。

一念至诚的将假作真，灯光似乎都从地上飘起。这幻成的星光，都不移动，不必半夜梦醒时，再去追寻它们的位置。

于是雨雪寂寞之夜，也有了慰安了！

（五）她得了刑罚了

休息的时间，是万事不许作的。每天午后的这两点钟，乏倦时觉得需要，睡不着的时候，觉得白天强卧在床上，真是无聊。

我常常偷着带书在床上看，等到看护妇来巡视的时候，就赶紧将书压在枕头底下，闭目装睡。——我无论如何淘气，也不敢大犯规矩，只到看书为止。而璧这个女孩子，往往悄悄的起来，抱膝坐在床上，逗引着别人谈笑。

这一天她又坐起来，看看无人，便指手画脚的学起医生来。大家正卧着看着她笑，看护妇已远远的来了。她的床正对着甬道，卧下已来不及，只得仍旧皱眉的坐着。

看护妇走到廊上。我们都默然，不敢言语。她问璧说，"你怎么不躺下？"璧笑说："我胃不好，不住的打呃，躺下就难受。"看护妇道："你今天饭吃得怎样？"璧惴惴的忍笑的说："还好！"看护妇沉吟了一会便走出去。璧回首看着我们，抱头笑说："你们等着，这一下子我完了！"

果然看见看护妇端着一杯药进来，杯中泡泡作声。璧只得接过，皱眉四顾。我们都用毡子藏着脸，暗暗的笑得喘不过气来。

看护妇看着她一口气喝完了，才又慢慢的出去。璧颓然的两手捧着胸口卧了下去，似哭似笑的说："天呵！好酸！"

她以后不再胡说了，无病吃药是怎样难堪的事。大家谈起，都快意，拍手笑说："她得了刑罚了！"

（六）Eskimo

沙穰的小朋友替我上的 Eskimo 的徽号，是我所喜爱的，觉得比以前的别的称呼都有趣！

Eskimo 是北美森林中的蛮族。黑发披裘，以雪为屋。过的是冰天雪地的渔猎生涯。我哪能像他们那样的勇敢？

只因去冬风雪无阻的在林中游戏行走。林下冰湖正是沙穰村中小朋友的溜冰处。我经过，虽然我们屡次相逢，却没有说话。我只觉得他们往往的停了游走，注视着我，互相耳语。

以后医生的甥女告诉我，沙穰的孩子传说林中来了一个 Eskimo。

问他们是怎样说法，他们以黑发披裘为证。医生告诉他们说不是Eskimo，是院中一个养病的人，他们才不再惊说了。

假如我是真的Eskimo呢，我的思想至少要简单了好些，这是第一件可羡的事。曾看过一本书上说："近代人五分钟的思想，够原始人或野蛮人想一年的。"人类在生理上，五十万年来没有进步，而劳心劳力的事，一年一年的增加，这是疾病的源泉，人生的不幸！

我愿终身在森林之中，我足踏枯枝，我静听树叶微语。清风从林外吹来，带着松枝的香气。白茫茫的雪中，除我外没有行人。我所见所闻，不出青松白雪之外，我就似可满意了！

出院之期不远，女伴戏对我说："出去到了车水马龙的波士顿街上，千万不要惊倒，这半年的闭居，足可使你成个痴子！"

不必说，我已自惊悚，一回到健康道上，世事已接踵而来……我倒愿做Eskimo呢。黑发披裘，只是外面的事！

（七）说几句爱海的孩气的话

白发的老医生对我说："可喜你已大好了。城市与你不宜，今夏海滨之行，也是取销了为妙。"

这句话如同平地起了一个焦雷！

学问未必都在书本上。纽约，康桥，芝加哥这些人烟稠密的地方，终身不去也没有什么，只是说不许我到海边去，这却太使我伤心了。

我抬头张目的说："不，你没有阻止我到海边去的意思！"

他笑道"是的，我不愿意你到海边去，太潮湿了，于你新愈的身体没有好处。"

我们争执了半点钟，至终他说："那么你去一个礼拜罢！"他又笑说:"其实秋后的湖上,也够你玩的了!"

我爱慰冰,无非也是海的关系。若完全的叫湖光代替了海色,我似乎不大甘心。

可怜,沙穰的六个多月,除了小小的流泉外,连慰冰都看不见!山也是可爱的,但和海比,的确比不起,我有我的理由!

人常常说:"海阔天空。"只有在海上的时候,才觉得天空阔远到了尽量处。在山上的时候,走到岩壁中间,有时只见一线天光。即或是到了山顶,而因着天末是山,天与地的界线便起伏不平,不如水平线的齐整。

海是蓝色灰色的。山是黄色绿色的。拿颜色来比,山也比海不过,蓝色灰色含着庄严淡远的意味,黄色绿色却未免浅显小方一些。固然我们常以黄色为至尊,皇帝的龙袍是黄色的,但皇帝称为"天子",天比皇帝还尊贵,而天却是蓝色的。

海是动的,山是静的;海是活泼的,山是呆板的。昼长人静的时候,天气又热,凝神望着青山,一片黑郁郁的连绵不动,如同病牛一般。而海呢,你看她没有一刻静止!从天边微波粼粼的直卷到岸边,触着崖石,更欣然的溅跃了起来,开了灿然万朵的银花!

四周是大海,与四周是乱山,两者相较,是如何滋味,看古诗便可知道。比如说海上山上看月出,古诗说:"南山塞天地,日月石上生。"细细咀嚼,这两句形容乱山,形容得极好,而光景何等臃肿,崎岖,僵冷,读了不使人生快感。而"海上生明月,天涯共此时",也是月出,光景却何等妩媚,遥远,璀璨!

原也是的,海上没有红白紫黄的野花,没有蓝雀红襟等等美丽的小鸟。然而野花到秋冬之间,便都萎谢,反予人以凋落的凄凉。海上的朝霞晚霞,天上水里反映到不止红白紫黄这几个颜色。这一片花,却是四时不断的。说到飞鸟,蓝雀红襟自然也可爱,而海上的沙鸥,白胸翠羽,轻盈的飘浮在浪花之上,"凌波微步,罗袜生尘"。看见蓝雀红襟，只使我联忆到"山禽自唤名"，而见海鸥，却使我联忆到千古颂赞美人，颂赞到绝顶的句子，是"婉若游龙，翩若惊鸿"！

在海上又使人有透视的能力，这句话天然是真的！你倚栏俯视，你不由自主的要想起这万顷碧琉璃之下，有什么明珠，什么珊瑚，什么龙女，什么鲛纱。在山上呢，很少使人想到山石黄泉以下，有什么金银铜铁。因为海水透明，天然的有引人们思想往深里去的趋向。

简直越说越没有完了，总而言之，统而言之，我以为海比山强得多。说句极端的话，假如我犯了天条，赐我自杀，我也愿投海，不愿坠崖！

争论真有意思！我对于山和海的品评，小朋友们愈和我辩驳愈好。"人心之不同，各如其面"，这样世界上才有个不同和变换。假如世界上的人都是一样的脸，我必不愿见人。假如天下人都是一样的嗜好，穿衣服的颜色式样都是一般的，则世界成了一个大学校，男女老幼都穿一样的制服。想至此不但好笑，而且无味！再一说，如大家都爱海呢，大家都搬到海上去，我又不得清静了！

（八）他们说我幸运

山做了围墙，草场成了庭院，这一带山林是我游戏的地方。早晨朝露还颗颗闪烁的时候，我就出去奔走，鞋袜往往都被露水淋湿了。黄昏睡起，短裙卷袖，微风吹衣，晚霞中我又游云似的在山路上徘徊。

固然的，如词中所说："落日解鞍芳草岸，花无人戴，酒无人劝，醉也无人管！"不是什么好滋味；而"无人管"的情景，有时却真难得。你要以山中踯躅的态度，移在别处，可就不行。在学校中，在城市里，是不容你有行云流水的神意的。只因管你的人太多了！

我们楼后的儿童院，那天早晨我去参观了。正值院里的小朋友们在上课，有的在默写生字，有的在做算学。大家都有点事牵住精神，而忙中偷闲，还暗地传递小纸条，偷说偷玩，小手小脚，没有安静的时候。这些孩子我都认得，只因他们在上课，我只在后面悄悄的坐着，不敢和他们谈话。

不见黑板六个月了，这倒不觉得怎样。只是看见教员桌上那个又大又圆的地球仪，满屋里矮小的桌子椅子，字迹很大的卷角的书：倏时将我唤回到十五年前去。而黑板上写着的

$$35 \quad 21 \quad 18 \quad 64$$
$$-15 \quad +10 \quad -9 \quad \times 69$$

方程式。以及站在黑板前扶头思索，将粉笔在手掌上乱画的小朋友，我看着更觉得有一种说不出的怅惘。窗外日影徐移，虽不是我在上课，而我呆呆的看着壁上的大钟，竟有急盼放学的意思！

放学了，我正和教员谈话，小朋友们围拢来将我拉开了。保罗笑问我说："你们那楼里也有功课么？"我说："没有，我们天天只是玩！"彼得笑叹道："你真是幸运！"

他们也是休养着，却每天仍有四点钟的功课。我出游的工夫，只在一定的时间里，才能见着他们。

唤起我十五年前的事，惭愧"三七二十一，四七二十八"的背乘数表等等，我已算熬过去，打过这一关来了！而回想半年前，厚而大的笔记本，满屋满架的参考书，教授们流水般的口讲，……如今病好了，这生活还必须去过，又是怃然。

这生活还必须去过。不但人管，我也自管。"哀莫大于心死"，被人管的时候，传递小纸条偷说偷玩等事，还有工夫做。而自管的

时候，这种动机竟绝然没有。十几年的训练，使人绝对的被书本征服了！

小朋友，"幸运"这两字又岂易言？

（九）机器与人类幸福

小朋友一定知道机器的用处和好处，就是省人力，能在很短的时间内做很重大的工作。

在山中闲居，没有看见别的机器的机会，而山右附近的农园中的机器，已足使我赞叹。

他们用机器耕地，用机器撒种，以至于收割等等，都是机器一手经理。那天我特地走到山前去，望见农人坐在汽机上，开足机力，在田地上突突爬走。很坚实的地土，汽机过处，都水浪似的，分开两边，不到半点钟工夫，很宽阔一片地，都已耕松了。

农人从衣袋里掏出表来一看，便缓缓的掜转汽机，回到园里去。我也自转身。不知为何，竟然微笑。农人运用大机器，而小机器的表，又指挥了农人。我觉得很滑稽！

我小的时候，家园墙外，一望都是麦地。耕种收割的事，是最熟见不过的了。农夫农妇，汗流浃背的蹲在田里，一锄一锄的掘，一镰刀一镰刀的割。我在旁边看着，往往替他们吃力，又觉得迟缓的可怜！

两下里比起来，我确信机器是增进人类幸福的工具。但昨天我对于此事又有点怀疑。

昨天一下午，楼上楼下几十个病人都没有睡好！休息的时间内，山前耕地的汽机，轧轧的声满天地。酷暑的檐下，蒸炉一般热的床上，听着这单调而枯燥，震耳欲聋的铁器声，连续不断，脑筋完全跟着它颠簸了。焦躁加上震动，真使人有疯狂的倾向！

楼上下一片喃喃怨望声，却无法使这机器止住。结果我自己头痛欲裂。楼下那几个日夜发烧到一百零三，一百零四度的女孩子，我真替她们可怜，更不知她们烦恼到什么地步！农人所节省的一天半天的工夫，和这几十个病人，这半日精神上所受的痛苦和损失，比较起来，相差远了！机器又似乎未必能增益人类的幸福。

想起幼年我的书斋只和麦地隔一道墙。假如那时的农人也用机器，简直我的书不用念了！

这声音直到黄昏才止息。我因头痛，要出去走走，顺便也去看看那害我半日不得休息的汽机。——走到田边，看见三四个农人正站着踌躇，手臂都叉在腰上，摇头叹息。原来机器坏了。这座东西笨重的很，十个人也休想搬得动，只得明天再开一座汽机来拉它。

我一笑就回来了——

（十）鸟兽不可与同群

女伴都笑莯玲而她并没有傻子的头脑，她的话有的我很喜欢。她说："和人谈话真拘束，不如同小鸟小猫去谈。它们不扰乱你，而且温柔的静默的听你说。"

我常常看见她坐在樱花下，对着小鸟，自说自笑。有时坐在廊上，抚着小猫，半天不动。这种行径，我并不觉得讨厌，也许就是因此，女伴才赠她以傻子的徽号，也未可知。

和人谈话未必真拘束，但如同生人，大人先生等等，正襟危坐的谈起来，却真不能说是乐事。十年来正襟危坐谈话的时候，一天比一天的多。我虽也做惯了，但偶有机会，我仍想释放我自己。这半年我就也常常做傻子了！

第一乐事，就是拔草喂马。看着这庞然大物，温驯的磨动它的松软的大口，和齐整的大牙，在你手中吃嚼青草的时候，你觉得它有说不尽的妩媚。

每日山后牛棚，拉着满车的牛乳罐的那匹斑白大马，我每日喂它。乳车停住了，驾车人往厨房里搬运牛乳，我便慢慢的过去。在我跪伏的樱花底下，拔那十样锦的叶子的时候，它便侧转那狭长而良善的脸来看我，表示它的欢迎与等待。我们渐渐熟识了，远远的看见我，它便抬起头来。我相信我离开之后，它虽不会说话，它必每日的怀念我。

还有就是小狗了。那只棕色的，在和我生分的时候，曾经吓过我。那一天雪中游山，出其不意在山顶遇见它，它追着我狂吠不止，我吓得走不动。它看我吓怔了，才住了吠，得了胜利似的，垂尾下山而去。我看它走了，一口气跑了回来。一夜没有睡好，心脉每分钟跳到一百十五下。

女伴告诉我，它是最可爱的狗，从来不咬人的。以后再遇见它，我先呼唤它的名字，它竟摇尾走了过来。自后每次我游山，它总是前前后后的跟着走。山林中雪深的时候，光景很冷静。它总算助了我不少的胆子。

此外还有一只小黑狗，尤其跳荡可爱。一只小白狗，也很驯良。

我从来不十分爱猫。因为小猫很带狡猾的样子，又喜欢抓人。医院中有一只小黑猫，在我进院的第二天早起刚开了门，它已从门隙塞进来，一跃到我床上，悄悄的便伏在我的怀前，眼睛慢慢的闭上，很安稳的便要睡着。我最怕小猫睡时呼吸的声音！我想推它，又怕它抓我。那几天我心里又难过，因此愈加焦躁。幸而看护妇不久便进来！我皱眉叫她抱出这小猫去。

以后我渐渐的也爱它了。它并不抓人。当它仰卧在草地上，用前面两只小爪，拨弄着玫瑰花叶，自惊自跳的时候，我觉得它充满了活泼和欢悦。

小鸟是怎样的玲珑娇小呵！在北京城里，我只看见老鸦和麻雀。有时也看见啄木鸟。在此却是雪未化尽，鸟儿已成群的来了。最先的便是青鸟。西方人以青鸟为快乐的象征，我看最恰当不过。因为青鸟的鸣声中，婉转的报着春的消息。

知更雀的红胸，在雪地上，草地上站着，都极其鲜明。小蜂雀更小到无可苗条，从花梢飞过的时候，竟要比花还小。我在山亭中有时抬头瞥见，只屏息静立，连眼珠都不敢动，我似乎恐怕将这弱不禁风的小仙子惊走了。

此外还有许多毛羽鲜丽的小鸟，我因找不出它们的中国名字，只得阙疑。早起朝日未出，已满山满谷的起了轻美的歌声。在朦胧的晓风之中，欹枕倾听，使人心魂俱静。春是鸟的世界，"以鸟鸣春"和"春眠不觉晓，处处闻啼鸟"，这两句话，我如今彻底的领略过了！

我们幕天席地的生涯之中，和小鸟最相亲爱。玫瑰和丁香丛中更有青鸟和知更雀的巢，那巢都是筑得极低，一伸手便可触到。我常常去探望小鸟的家庭，而我却从不做偷卵捉雏等等破坏它们家庭幸福的事。我想到我自己不过是暂时离家，我的母亲和父亲已这样的牵挂。假如我被人捉去，关在笼里，永远不得回来呢，我的父亲母亲岂不心碎？我爱自己，也爱雏鸟，我爱我的双亲，我也爱雏鸟的双亲！

而且是怎样有趣的事，你看小鸟破壳出来，很黄的小口，毛羽也很稀疏，觉得很丑。它们又极其贪吃，终日张口在巢里啾啾的叫！累得它母亲飞去飞回的忙碌。渐渐的长大了，它母亲领它们飞到地上。它们的毛羽很蓬松，两只小腿蹒跚的走，看去比它们的母亲还肥大。它们很傻的样子，茫然的跟着母亲乱跳。母亲偶然啄得了一条小虫，它们便纷然的过去，啾啾的争着吃。早起母亲教给它们歌唱，母亲的声音极婉转，它们的声音，却很憨涩。这几天来，它们已完全的会飞了，会唱了，也知道自己觅食，不再累它们的母亲了。前天我去探望它们时，这些雏鸟已不在巢里，它们已筑起新的巢了，在离它们的父母的巢不远的枝上，它们常常来看它们的父母的。

还有虫儿也是可爱的。藕合色的小蝴蝶，背着圆壳的蜗牛，嗡嗡的蜜蜂，甚至于水里每夜乱唱的青蛙，在花丛中闪烁的萤虫，都是极温柔，极其孩气的。你若爱它，它也爱你们。因为它们太喜爱小孩子。大人们太忙，没有工夫和它们玩。

梦

她回想起童年的生涯，真是如同一梦罢了！穿着黑色带金线的军服，佩着一柄短短的军刀，骑在很高大的白马上，在海岸边缓辔徐行的时候，心里只充满了壮美的快感；几曾想到现在的自己，是这般的静寂，只拿着一枝笔儿，写她幻想中的情绪呢？

她男装到了十岁。十岁以前，她父亲常常带她去参与那军人娱乐的宴会，朋友们一见都夸奖说："好英武的一个小军人！今年几岁了？"父亲先一面答应着，临走时才微笑说："他是我的儿子，但也是我的女儿。"

她会打走队的鼓，会吹召集的喇叭，知道毛瑟枪里的机关，也会将很大的炮弹，旋进炮腔里。五六年父亲身畔无意中的训练，真将她做成很矫健的小军人了。

别的方面呢？平常女孩子所喜好的事，她却一点都不爱。这也难怪她，她的四周并没有别的女伴。偶然看见山下经过的几个村里的小姑娘，穿着大红大绿的衣裳，裹着很小的脚，匆匆一面里，她无从知道她们平居的生活。而且她也不把这些印象，放在心上。一把刀，一匹马，便堪尽过一生了！女孩子的事，是何等的琐碎烦腻呵！当探海的电灯射在浩浩无边的大海上，发出一片一片的寒光，灯影下，旗影下，两排儿沉豪英毅的军官，在佩剑铿锵声里，整齐严肃的一同举起杯来，祝中国万岁的时候，这光景是怎样的使人涌出慷慨的快乐的眼泪呢？

她这梦也应当到了醒觉的时候了！人生就是一梦么？

十岁回到故乡去，换上了女孩子的衣服。在姊妹群中，学到了女儿情性：五色的丝线，是能做成好看的活计的；香的，美丽的花，是要插在头上的；镜子是妆束完时要照一照的；在众人中间坐着，是要说些很细腻很温柔的话的；眼泪是时常要落下来的。女孩子是总有点脾气，带点娇贵的样子的。

这也是很新颖很能造就她的环境——但她父亲送给她的一把佩刀，还长日挂在窗前。拔出鞘来，寒光射眼，她每每呆住了。白马呵，海岸呵，荷枪的军人呵……模糊中有无穷的怅惘。姊妹们在窗外唤她，她也不出去了，站了半天，只掉下几点无聊的眼泪。

她后悔么？也许是，但有谁知道呢！军人的生活，是怎样的造就了她的性情呵！黄昏时营幕里吹出来的笳声，不更是抑扬凄婉么？世界上软款温柔的境地，难道只有女孩儿可以占有么？海上的月夜，星夜，眺台独立倚枪翘首的时候：沉沉的天幕下，人静了，海也浓睡了，——"海天以外的家！"这时的情怀，是诗人的还是军人的呢？是两缕悲壮的丝交纠之点呵！

除了几点无聊的英雄泪，还有什么？她安于自己的境地了！生命如果是圈儿般的循环，或者便从"将来"又走向"过去"的道上去，但这也是无聊呵！

十年深刻的印象遗留于她现在的生活中的，只是矫强的性质了——她依旧是喜欢看那整齐的步伐，听那悲壮的军笳，但与其说她是喜欢看，喜欢听，不如说她是怕看，怕听罢。

横刀跃马和执笔沉思的她，原都是一个人，然而时代将这些事隔开了……

童年！只是一个深刻的梦么？

遥寄印度哲人泰戈尔

泰戈尔！美丽庄严的泰戈尔！当我超过"无限之生"的一条界线——生——的时候，你也已经越过了这条界线，为人类放了无限的光明了。

只是我竟不知道世界上有你——

在去年秋风萧瑟，月明星稀的一个晚上，一本书无意中将你介绍给我，我读完了你的传略和诗文——心中不作别想，只深深的觉得澄澈……凄美。

你的极端信仰——你的"宇宙和个人的灵中间有一大调和"的信仰；你的存蓄"天然的美感"，发挥"天然的美感"的诗词；都渗入我的脑海中，和我原来的"不能言说"的思想，一缕缕的合成琴弦，奏出缥缈神奇无调无声的音乐。

泰戈尔！谢谢你以快美的诗情，救治我天赋的悲感；谢谢你以超卓的哲理，慰藉我心灵的寂寞。

这时我把笔深宵，追写了这篇赞叹感谢的文字，只不过倾吐我的心思，何尝求你知道！

然而我们既在"梵"中合一了，我也写了，你也看见了。

笑

雨声渐渐的住了，窗帘后隐隐的透进清光来。推开窗户一看，呀！凉云散了，树叶上的残滴，映着月儿，好似萤光千点，闪闪烁烁的动着。——真没想到苦雨孤灯之后，会有这么一幅清美的图画！

凭窗站了一会儿，微微的觉得凉意侵人。转过身来，忽然眼花缭乱，屋子里的别的东西，都隐在光云里；一片幽辉，只浸着墙上画中的安琪儿。——这白衣的安琪儿，抱着花儿，扬着翅儿，向着我微微的笑。

"这笑容仿佛在哪儿看见过似的，什么时候，我曾……"我不知不觉的便坐在窗口下想，——默默的想。

严闭的心幕，慢慢的拉开了，涌出五年前的一个印象。——一条很长的古道。驴脚下的泥，兀自滑滑的。田沟里的水，潺潺的流着。近村的绿树，都笼在湿烟里。弓儿似的新月，挂在树梢。一边走着，似乎道旁有一个孩子，抱着一堆灿白的东西。驴儿过去了，无意中回头一看。——他抱着花儿，赤着脚儿，向着我微微的笑。

"这笑容又仿佛是哪儿看见过似的！"我仍是想——默默的想。

又现出一重心幕来，也慢慢的拉开了，涌出十年前的一个印象。——茅檐下的雨水，一滴一滴的落到衣上来。土阶边的水泡儿，泛来泛去的乱转。门前的麦垄和葡萄架子，都濯得新黄嫩绿的非常鲜丽。——一会儿好容易雨晴了，连忙走下坡儿去。迎头看见月儿从海面上来了,猛然记得有件东西忘下了,站住了,回过头来。这茅屋里的老妇人——她倚着门儿,抱着花儿,向着我微微的笑。

这同样微妙的神情,好似游丝一般,飘飘漾漾的合了拢来,绾在一起。

这时心下光明澄静,如登仙界,如归故乡。眼前浮现的三个笑容,一时融化在爱的调和里看不分明了。

小　说

庄鸿的姊姊

我和弟弟对坐在炉旁的小圆桌旁边,桌上摆着一大盘的果子和糕点。盘子中间放着一个大木瓜,香气很浓。四壁的梅花瘦影,交互横斜。炉火熊熊。灯光灿然。这屋里寂静已极。弟弟一边剥着栗子皮,一边和我谈到别后半年的事情。

他在唐山工业学校肄业,离家很远,只有年假暑假,我们才能聚首,所以我们见面加倍的喜欢亲密。这天晚上,母亲和两个小弟弟,到舅母家去,他却要在家里和我作伴。这时弟弟笑问道:"姊姊!我听见二弟说,你近来做了几篇小说,可否让我看看?"我说:"稿子都撕去了,但是二弟曾从报纸上裁下我的小说来留着,我去找一找看。"一面便去找了来递给他。他接过来便一篇一篇的往下看,我自己又慢慢的坐下。

忽然弟弟抬起头来,四下里看了一看,笑对我说:"我们现在又走到小说里去了。这屋里的光景,和你做的那一篇《秋雨秋风愁煞人》头一段的光景,是一样的,不过窗外没有秋风秋雨,窗内却添了炉火,桂花也换了梅花了。"我也笑道:"窗外还有一件美景,是这篇小说里所没有的。"他便走到窗下,掀起窗帘看了一看,回头笑说:"是不是庭院里的玉树琼枝?"我道:"是了。"弟弟又挨次将小说看完了,便说:"倒也有点意思。"我笑了一笑说:"这不过是我闷来借此消遣就是了,我哪里配做小说?"弟弟说:"你现在有工夫为什么不做?"我一面站起来一面笑道:"年假里也应该休息休息,而且你回来了，我们一块儿谈话游玩，何等热闹，更不愿意……"

这时候仆人进来，递给弟弟一张名片。弟弟看了便说："恐怕客厅里炉火已经灭了，请他到这屋里坐罢。"仆人答应着出去了，弟弟回头对我说："庄鸿是我的一个好朋友，他别号叫做秋鸿，品学都很好的，我最喜欢和他谈话。但不知道他有什么要紧的事情，今天夜里来找我！"正说着庄鸿已经跟着仆人进来，灯光之下，看见他穿着灰色布长袍，手里拿着一顶绒帽子。年纪也和弟弟相仿佛，只有十四五岁光景，态度很是活泼可爱。他和弟弟拉过手，回头看见我，也笑着鞠了一躬。我便让他坐下，又将桌上的报纸收起来，自己走到梅花盆后对着炉火坐着。

弟弟一面端过茶杯，又将果碟推到他面前，一面笑道："秋鸿！你今天夜里来找我作什么？"秋鸿说："我在家里闷极了，所以要来和你谈谈。"弟弟说："在学校里你又盼着回家，回到家你又嫌闷，你看我……"秋鸿接着说："我哪里比得上你，你又有姊姊，又有弟弟，成天里谈话游玩，自然不觉得寂静。我在家里没有人和我玩，自然是闷的。"弟弟道："你不是也有一个姊姊么，为什么说没有伴侣？"秋鸿便不言语。过了一会，用很低的声音说："我姊姊么？我姊姊已经在今年九月里去世了。"

这时我抬起头来，只见秋鸿的眼里，射出莹莹的泪光。弟弟没了主意，便说："为什么我没有听见你提过？"秋鸿说："连我都是昨天到家才知道的，我家里的人怕我要难过，信里也不敢提到这事。昨天我到家一进门来，见过了祖母和叔叔，就找姊姊，他们才吞吞吐吐的告诉我说姊姊死了。我听见了，一阵急痛，如同下到昏黑的地狱一般，悲惨之中，却盼望是个梦境，可怜呵！我姊姊真……"说到这里，便咽住了，只低着头弄那个茶杯，前襟已经湿了一大片。急得弟弟直推他说："秋鸿！你不要哭了！"底下便不知道说什么好了，只一面拉着他，一面回头看着我。我只得站起来说："秋鸿！你又何必难过，'人生如影世事如梦'，以哲学的眼光看去，早死晚死，都是一样的。"秋鸿哽咽着应了一声，便道："我姊姊是因着抑郁失意而死的，否则我也不至于这样的难过。自从我四岁的时候，我的父母便都亡过了，只撇下姊姊和我，跟着祖母和叔叔过活。姊姊只比我大两岁，从前也在一个高等小学念书。她们学校里的教员，没有一个不夸她的，都说象她这样的才质，这样的志气，前途是不可限量的。我姊姊也自负不凡，私下里对我说：'我们两个人将来必要做点事业，替社会谋幸福，替祖国争光荣。你不要看我是个女子，我想我将来的成就，未必在你之下。'因此每天我们放学回来，多半在一块研究学问谈论时事。我觉得她不但是我的爱姊，并且是我的畏友。我的学问和志气，可以说都是我姊姊帮助我立好了根基。咳！从前的快乐光阴，现在追想起来，恨不得使它'年光倒流'了。"

这时候他略顿一顿。弟弟说："秋鸿！你喝一口茶再说。"他端起茶杯来却又放下，接着说："我叔叔是一个小学校教员，薪水仅供家用。不想自中交票跌落以来，教员的薪水又月月的拖欠，经济上受了大大的损失，便觉得支持不住。家里用的一个仆妇，也辞退了。我的祖母年纪又老，家务没有人帮她料理，便叫我姊姊不必念书去了，一来帮着做点事情，二来也节省下这份学费。我姊姊素来是极肯听话的，并没有说什么。我心里觉得不妥，便对叔叔说：'象我姊姊这样的才质，抛弃了学业，是十分可惜的。若是要节省学费的话，我也可以不去……'叔叔叹一口气方要说话，祖母便接着说："你姊姊一个姑娘家，要那么大的学问做什么？又不象你们男孩子，将来可以做官，自然必须念书的。并且家里又实在没有余款，你愿意叫她念书，你去变出钱来。'我那时年纪还小，当下也无言可答，再看我叔叔都没有说什么，我也不必多说了。自那时起，我姊姊便不上学去了，只在家里帮做家事，烧茶弄饭，十分忙碌，将文墨的事情，都撇在一边了。我看她的神情，很带着失望的，但是她从来没有说出。每天我放学回来,她总是笑脸相迎,询问寒暖。晚上我在灯下温课,她也坐在一旁做着活计伴着我。起先她还能指教我一二,以后我的程度又深了些,她便不能帮助我了,只在旁边相伴,看着我用功,似乎很觉得有兴味,也有羡慕的样子。有时我和她谈到祖母所说的话,我说:'为何女子便可以不念书,便不应当要大学问?'姊姊只微笑说:'不必说祖母了,这也是景况所逼。你只盼中交票能以恢复原状,教育费能不拖欠,经济上从容一点,我便可以仍旧上学了。'我姊姊的身子本来生的单弱,加以终日劳碌,未免乏累一点;又因她失了希望,精神上又抑郁一点,我觉得她似乎渐渐的瘦了下去。有时我不忍使她久坐,便劝她早去歇息,不必和我作伴了。她说:'不要紧的,我自己不能享受这学问的乐处,看着别人念书,精神上也觉得愉快的。'又说:'我虽然不能得学问,将来也不能有什么希望,却盼望你能努力前途,克偿素志,也就……'我姊姊说到这里,眼眶里似乎有了泪痕。

"去年我高等小学毕业了,我姊姊便劝我去投考唐山工业专门学校。考取了之后,姊姊十分的喜欢,便对我说:'从今以后,你更应当努力了!'但是唐山学校学费很贵,我想不如我不去了,只在北京的中学肄业,省下一半的学费,叫我姊姊也去求学,岂不是好?便将这意思对家里的人说了,祖母说:'自然是你要紧,并且你姊姊也荒废了好几年了,也念不出什么书来。'姊姊也说:'我近来的脑力体力大不如从前了,恐怕不能再用功,你只管去罢,不必惦念着我了。'我听了这话,只觉得感激和伤心都到了极处,便含着泪答应了。我想我姊姊牺牲了自己的前途来栽培我,现在我的学业还没有完毕,我的……我姊姊却看不见了。"

我听到这里,心中觉得一阵悲酸。炉火也似乎失了热气。我只寂寂的看着弟弟,弟弟却也寂寂的看着我。

秋鸿又说:"去年年假和今年暑假,我回来的时候,总是姊姊先迎出来，那种喜欢温蔼的样子，以及她和我所说的'弟弟！我所最喜欢的就是你每次回来，不但身量高了，而且学问也高了，志气也高了。'这些话，我总不能忘记。她每次给我写信，也都是一篇恳挚慰勉的话。每逢我有什么失意或是精神颓丧的时候，一想起姊姊的话，便觉得如同清晓的霜钟一般，使我惊醒；又如同炉火一般，增加我的热气。但是从今年九月起，便没有得着姊姊的信。我写信问了好几次，我叔叔总说她的事情太忙，或是说她病着，我虽然有一点怪讶，也不想到是有什么意外的事。所以昨天我在火车上，心中非常的快乐，满想着回家又见了我姊姊了，谁知道……今夜我一人坐在灯下，越想越难过。平日这灯下，便是我们的天堂；今日却成了地狱了，没有一个地方一件事情，不是使我触目伤心的。待要痛哭一场，稍泄我心中的悲痛，但恐怕又增加祖母和叔叔的难受，只得走出来疏散。走到街上，路灯明灭，天冷人静，我似乎无家可归了，忽然想起你来，所以就来找你谈话，却打搅了你们姊弟怡怡的乐境，只请你原谅罢。"这时秋鸿也说不出话来，弟弟连忙说："得了！你歇一歇罢。"秋鸿还断断续续的说道："我不明白为什么中交票要跌落？教育费为什么要拖欠？女子为什么就不必受教育？"

忽然听得外面敲门的声音，弟弟对我说："一定是妈妈回来了。"秋鸿连忙站起来对弟弟说："我走了。"弟弟说："你快擦干了眼泪罢。"他一面擦了擦眼睛，一面和我鞠躬"再见"，便拉着弟弟的手跑了出去。我仍旧坐下，拿着铁钩拨着炉灰，心里想着秋鸿最后所说的三个问题，不禁起了无限的感慨。母亲和几个弟弟一同走了进来，我也没有看见。只听得二弟问道："哥哥！姊姊一个人坐在那里做什么？"弟弟笑说："姊姊又在那里想做小说了。"

一个兵丁

小玲天天上学，必要经过一个军营。他挟着书包儿，连跑带跳不住的走着，走过那营前广场的时候，便把脚步放迟了，看那些兵丁们早操。他们一排儿的站在朝阳之下，那雪亮的枪尖，深黄的军服，映着阳光，十分的鲜明齐整。小玲在旁边默默的看着，喜欢羡慕的了不得，心想："以后我大了，一定去当兵，我也穿着军服，还要掮着枪，那时我要细细的看枪里的机关，究竟是什么样子。"这个思想，天天在他脑中旋转。

这一天他按着往常的规矩，正在场前凝望的时候，忽然觉得有人附着他的肩头，回头一看，只见是看门的那个兵丁，站在他背后，微笑着看着他。小玲有些瑟缩，又不敢走开，兵丁笑问，"小学生，你叫什么？"小玲道，"我叫小玲。"兵丁又问道，"你几岁了？"小玲说，"八岁了。"兵丁忽然呆呆的两手拄着枪，口里自己说道，"我离家的时候，我们的胜儿不也是八岁么？"

小玲趁着他凝想的时候，慢慢的挪开。数步以外，便飞跑了。回头看时，那兵丁依旧呆立着，如同石像一般。

晚上放学，又经过营前，那兵丁正在营前坐着，看见他来了，便笑着招手叫他。小玲只得过去了，兵丁叫小玲坐在他的旁边。小玲看他那黧黑的面颜，深沉的目光，却现出极其温蔼的样子，渐渐的也不害怕了，便慢慢伸手去拿他的枪。兵丁笑着递给他。小玲十分的喜欢，低着头只顾玩弄，一会儿抬起头来。那兵丁依旧凝想着，同早晨一样。

以后他们便成了极好的朋友,兵丁又送给小玲一个名字,叫做"胜儿",小玲也答应了。他早晚经过的时候必去玩枪,那兵丁也必是在营前等着。他们会见了却不多谈话,小玲自己玩着枪,兵丁也只坐在一旁看着他。

小玲终竟是个小孩子,过了些时,那笨重的枪也玩得腻了,经过营前的时候,也不去看望他的老朋友了。有时因为那兵丁只管追着他,他觉得厌烦,连看操也不敢看了,远望见那兵丁出来,便急忙走开。

可怜的兵丁!他从此不能有这个娇憨可爱的孩子,和他作伴了。但他有什么权力,叫他再来呢?因为这个假定的胜儿,究竟不是他的儿子。

但是他每日早晚依旧在那里等着,他藏在树后,恐怕惊走了小玲。他远远地看着小玲连跑带跳的来了,又嘻笑着走过了,方才慢慢的转出来,两手拄着枪,望着他的背影,临风洒了几点酸泪——

他几乎天天如此,不知不觉的有好几个月了。

这一天早晨,小玲依旧上学,刚开了街门,忽然门外有一件东西,向着他倒来。定睛一看,原来是一杆小木枪,枪柄上油着红漆,很是好看,上面贴着一条白纸,写着道,"胜儿收玩 爱你的老朋友——"

小玲拿定枪柄,来回的念了几遍,好容易明白了。忽然举着枪,追风似的,向着广场跑去。

这队兵已经开拔了,军营也空了——那时两手拄着枪,站在营前,含泪凝望的,不是那黧黑慈蔼的兵丁,却是娇憨可爱的小玲了。

三　儿

　　三儿背着一个大筐子，拿着一个带钩的树枝儿，歪着身子，低着头走着，眼睛却不住的东张西望。天色已经不早了，再拾些破纸烂布，把筐子装满了，便好回家。

　　走着便经过一片广场，一群人都在场边站着，看兵丁们打靶呢，三儿便也走上前去。只见兵丁们一排儿站着，兵官也在一边；前面一个兵丁，单膝跪着，平举着枪，瞄准了铁牌，当的一声，那弹子中在牌上，便跳到场边来。三儿忽然想到这弹子拾了去，倒可以卖几个铜子，比破纸烂布值钱多了。便探着身子，慢慢的用钩子拨过弹子来，那兵丁看他一眼，也不言语。三儿就蹲下去拾了起来，揣在怀里。

　　他一连的拾了七八个，别人也不理会，也没有人禁止他，他心里很喜欢。

　　一会儿，又有几个孩子来了，看见三儿正拾着弹子，便也都走拢来。三儿回头看见了，恐怕别人抢了他的，连忙跑到牌边去。

　　忽然听得一声哀唤，三儿中了弹了，连人带筐子，打了一个回旋，便倒在地上。

　　那兵官吃了一惊，却立刻正了色，很镇定的走到他身旁。众人也都围上前来，有人便喊着说，"三儿不好了！快告诉他家里去！"

　　不多时，他母亲一面哭着，便飞跑来了，从地上抱起三儿来。那兵官一脚踢开筐子，也低下头去。只见三儿面白如纸，从前襟的破孔里，不住的往外冒血。他母亲哭着说，"我们孩子不能活了！你们老爷们偿他的命罢！"兵官冷笑着，用刺刀指着场边立的一块木板说，"这牌上不是明明写着不让闲人上前么？你们孩子自己闯了祸，怎么叫我们偿命？谁叫他不认得字！"

　　正在不得开交，三儿忽然咬着牙，挣扎着站起来，将地上一堆的烂纸捧起，放在筐子里；又挣扎着背上筐子，拉着他母亲说，"妈妈我们家……家去！"他母亲却依旧哭着闹着，三儿便自己歪斜的走了，他母亲才连忙跟了来。

　　一进门，三儿放下筐子，身子也便坐在地下，眼睛闭着，两手揉着肚子，已经是出气多进气少了。这时门口站满了人，街坊们便都挤进来，有的说，"买块膏药贴上，也许就止了血。"有的说，"不如抬到洋人医院里去治，去年我们的叔叔……"

　　忽然众人分开了，走进一个兵丁来，手里拿着一小卷儿说，"这是二十块钱，是我们连长给你们孩子的！"这时三儿睁开了眼，伸出一只满了血的手，接过票子来，递给他母亲，说，"妈妈给你钱……"他母亲一面接了，不禁号啕痛哭起来。那兵丁连忙走出去，那时——三儿已经死了！

鱼　儿

十二年前的一个黄昏,我坐在海边的一块礁石上,手里拿着一根竹竿儿,绕着丝儿,挂着饵儿,直垂到水里去。微微的浪花,漾着钓丝,好像有鱼儿上钓似的,我不时的举起竿儿来看,几次都是空的!

太阳虽然平西了,海风却仍是很热的,谁愿意出来蒸着呵!都是我的奶娘说,夏天太睡多了,要睡出病来的。她替我找了一条竿子,敲好了钩子,便拉着我出来了。

礁石上倒也平稳,那边炮台围墙的影儿,正压着我们。我靠在奶娘的胸前,举着竿子。过了半天,这丝儿只是静静的垂着。我觉得有些不耐烦,便噌道,"到底这鱼儿要吃什么?怎么这半天还不肯来!"奶娘笑道,"它在海里什么都吃,等着罢,一会儿它就来了!"

我实在有些倦了,便将竿子递给奶娘,两手叉着,抱着膝。一层一层的浪心,慢慢的卷了来,好像要没过这礁石;退去的时候,又好像要连这礁石也带了去。我一声儿不响,我想着——我想我要是能随着这浪儿,直到了水的尽头,掀起天的边角来看一看,那多么好呵!那么一定是亮极了,月亮的家,不也在那里么?不过掀起天来的时候,要把海水漏了过去,把月亮濯湿了。不要紧的!天下还有比海水还洁净的么?它是澈底清明的……

"是的,这会儿凉快的多了,我是陪着姑娘出来玩来了。"奶娘这句话,将我从幻想中唤醒了来;抬头看时,一个很高的兵丁,站在礁石的旁边,正和奶娘说着话儿呢。他右边的袖子,似乎是空的,从肩上直垂了下来。

他又走近了些,微笑着看着我说,"姑娘钓了几条鱼了!"我仔细看时,他的脸面很黑,头发斑白着,右臂已经没有了,那袖子真是空的。我觉得有点害怕,勉强笑着和他点一点头,便回过身去,靠在奶娘身上,轻轻的问道,"他是谁?他的手臂怎……?"奶娘笑着拍我说,"不要紧的,他是我的乡亲。"他也笑着说,"怎么了,姑娘怕我么?"奶娘说,"不是,姑娘问你的手怎么了!"他低头看了一看袖子,说,"我的手么?我的手让大炮给轰去了!"我这时不禁抬头看看他,又回头看看那炮台上,隐隐约约露出的炮口。

我望着他说,"你的手是让这炮台上的大炮给轰去的么?"他说,"不是,是那一年打仗的时候,受了伤的。"我想了一会儿,便说,"你们多会儿打仗来着?怎么我没有听见炮声。"他不觉笑了,指着海上,——就是我刚才所想的清洁光明的海上——说,"姑娘,那时还没有你呢!我们就在那边,一个月亮的晚上,打仗来着。"我说,"他们必是开炮打你们了。"他说,"是的,在这炮火连天的时候,我的手就没有了,掉在海里了。"这时他的面色,渐渐的泛白起来。

我呆呆的望着蔚蓝的海,——望了半天。

奶娘说,"那一次你们似乎死了不少的人,我记得,……"他说,"可不是么,我还是逃出命来的,我们同队几百人,船破了以后,都沉在海里了。只有我,和我的两个同伴,上了这炮台了。现在因着这一点劳苦,饷银比他们多些,也没有什么吃力的事情做。"

我抚着自己的右臂说,"你那时觉得痛么?"他微笑说,"为什么不痛!"我说,"他们那边也一样的死伤么?"他说,"那是自然的,我们也开炮打他们了,他们也死了不少的人,也都沉在海里了。"我凝望着他说,"既是两边都受苦,你们为什么还要打仗?"他微微的叹息,过了一会说,"哪里是我们?……是我们两边的舰长下的命令,我们不能不打,不能不开炮呵!"

炮台上的喇叭,呜呜的吹起来。他回头望了一望,便和我们点一点首说,"他们练习炮术的时候到了,我也得去看着他们,再见罢!"

"他自己受了伤了,尝了痛苦了。还要听从那不知所谓的命令,去开炮,也教给后来的人,怎样开炮;要叫敌人受伤,叫敌人受痛苦、死了,沉在海里了!——那边呢,也是这样。他们彼此遵守着那不知所谓的命令,做这样的工作!——"

海水推着金赤朗耀的月儿,从天边上来。

"海水里满了人的血,它听凭飘在它上面的人类,彼此涌下血来,沾染了它自己。它仍旧没事人似的,带着血水,喷起雪白的浪花——

"月儿是受了这血水的洗礼,被这血水浸透了,他带着血红的光,停在天上,微笑着,看他们做这样的工作。

"清洁!光明!原来就是如此,……"

奶娘拊着找的肩说,"姑娘,晚了,我们也走罢。"

我慢慢的站了起来,从奶娘手里,接过竿子,提出水面来,——钩上忽然挂着金赤的一条鱼!

"'它在水里什么都吃',它吃了那兵丁的手臂,它饮了从那兵丁伤处流下来的血,它在血水里养大了的!"我挑起竿子,摘下那鱼儿来,仍旧抛在水里。

奶娘却不理会,扶着我下了礁石,一手挂着竿子,一手拉着无精打采的我,走回家去。

月光之下,看见炮台上有些白衣的人,围着一架明亮夺目的东西,——原来是那些兵丁们,正练习开炮呢!

海　上

　　谁曾在阴沉微雨的早晨，独自飘浮在岩石下面的一个小船上的，就要感出宇宙的静默凄黯的美。

　　岩石和海，都被阴雾笼盖得白濛濛的，海浪仍旧缓进缓退的，洗那岩石。这小船儿好似海鸥一般，随着拍浮。这浓雾的海上，充满了沉郁，无聊，——全世界也似乎和它都没有干涉，只有我管领了这静默凄黯的美。

　　两只桨平放在船舷上，一条铁索将这小船系在岩边，我一个人坐在上面，倒也丝毫没有惧怕，——纵然随水飘了去，父亲还会将我找回来。

　　微尘般的雾点，不时的随着微风扑到身上来，润湿得很。我从船的这边，扶着又走到那边，瞭望着，父亲一定要来找我的，我们就要划到海上去。

　　沙上一阵脚步响，一个渔夫，老得很，左手提着筐子，右手拄着竿子，走着便近了。

　　雨也不怕，雾也不怕，随水飘了去也不怕。我只怕这老渔夫，他是会诓哄小孩子，去卖了买酒喝的。——下去罢，他正坐在海边上；不去罢，他要是捉住我呢；我怕极了，只坚坐在船头上，用目光逼住他。

　　他渐渐抬起头来了，他看见我了，他走过来了；我忽然站起来，扶着船舷，要往岸上跳。

"姑娘呵！不要怕我，不要跳，——海水是会淹死人的。"

我止住了，只见那晶莹的眼泪，落在他枯皱的脸上；我又坐下，两手握紧了看着他。

"我有一个女儿——淹死在海里了，我一看见小孩子在船上玩，我心就要……"

我只看着他，——他用袖子擦了擦眼泪，却又不言语。

深黑的军服，袖子上几圈的金线，呀！父亲来了，这里除了他没有别人袖子上的金线还比他多的，——果然是父亲来了。

"你这孩子，阴天还出来做什么！海面上不是玩的去处！"我仍旧笑着跳着，攀着父亲的手。他斥责中含有慈爱的言词，也和母亲催眠的歌，一样的温煦。

"爹爹，上来，坐稳了罢，那老头儿的女儿是掉在海里淹死了的。"父亲一面上了船，一面望了望那老头儿。

父亲说："老头儿，这海边是没有大鱼的，你何不……"

他从沉思里，回过头来，看见父亲，连忙站起来，一面说："先生，我知道的，我不愿意再到海面上去了。"

父亲说："也是，你太老了，海面上不稳当。"

他说："不是不稳当，——我的女儿死在海里了，我不忍再到她死的地方。"

我倚在父亲身畔，我想："假如我掉在海里死了，我父亲也要抛弃了他的职务，永远不到海面上来么？"

渔人又说："这个小姑娘，是先生的……"父亲笑说："是的，是我的女儿。"

渔人嗫嚅着说："究竟小孩子不要在海面上玩，有时会有危险的。"

我说："你刚才不是说你的女儿……"父亲立刻止住我，然而渔人已经听见了。

他微微的叹了一声，"是呵！我的女儿死了三十年了，我只恨我当初为何带她到海上来。——她死的时候刚八岁，已经是十分的美丽聪明了，我们村里的人都夸我有福气，说龙女降生在我们家里了；我们自己却疑惑着；果然她只送给我们些眼泪，不是福气，真不是福气呵！"

父亲和我都静默着，望着他。

"她只爱海，整天里坐在家门口看海，不时的求我带她到海上来，她说海是她的家，果然海是她永久的家。——三十年前的一日，她母亲回娘家去，夜晚的时候，我要去打鱼了，她不肯一个人在家里，一定要跟我去。我说海上不是玩的去处，她只笑着，缠磨着我，我拗她不过，只得依了她，她在海面上乐极了。"

他停了一会儿——雾点渐渐的大了，海面上越发的阴沉起来。

"船旁点着一盏灯，她白衣如雪，攀着帆索，站在船头，凝望着，不时的回头看着我，现出喜乐的微笑。——我刚一转身，灯影里一声水响，她……她滑下去了。可怜呵！我至终没有找回她来。她是龙女，她回到她的家里去了。"

父亲面色沉寂着，嘱咐我说："坐着不要动。孩子！他刚才所说的，你听见了没有？"一面自己下了船，走向那在岩石后面呜咽的渔人。浓雾里，她的父亲，和我的父亲都看不分明。

要是他忘不下他的女儿，海边和海面却差不了多远呵！怎么海边就可以来，海面上就不可以去呢？

要是他忘得下他的女儿，怎么三十年前的事，提起来还伤心呢？

人要是回到永久的家里去的时候，父亲就不能找他回来么？

我不明白，我至终不明白。——雾点渐渐的大了，海面上越发的阴沉起来。

谁曾在阴沉微雨的早晨，独自飘浮在小船上面？——这浓雾的海上，充满了沉郁无聊，全世界也似乎和它都没有干涉，只有我管领了这静默黯凄的美。——

爱的实现

诗人静伯到这里来消夏,已经是好几次了。这起伏不断的远山,和澄蓝的海水,是最幽雅不过的。他每年夏日带了一年中的积蓄的资料来,在此完成他的杰作。

现在他所要开始著作的一篇长文,题目是《爱的实现》。他每日早起,坐在藤萝垂拂的廊子上,握着笔,伸着纸。浓荫之下,不时的有嗡嗡的蜜蜂,和花瓣,落到纸上,他从沉思里微笑着用笔尖挑开去。矮墙外起伏不定的漾着微波。骄阳下的蝉声,一阵阵的叫着。这些声音,都缓缓的引出他的思潮,催他慢慢的往下写。

沙地上索索的脚步声音,无意中使他抬起头来。只见矮墙边一堆浓黑的头发,系着粉红色的绫结儿,走着跳着就过去了。后面跟着的却只听见笑声,看不见人影。

他又低下头,去写他的字,笔尖儿移动得很快。他似乎觉得思想加倍的活泼,文字也加倍的有力,能以表现出自己心里无限的爱的意思——

一段写完了,还只管沉默的微笑的想。——海波中,微风里,漾着隐现的浓黑的发儿,欢笑的人影。

金色的夕阳,照得山头一片的深紫,沙上却仍盖着矗立的山影。潮水下去了,石子还是润明的。诗人从屋里出来,拂了拂桌子,又要做他下午的功课。

笑声又来了，诗人拿着笔站了起来。墙外走着两个孩子；那女孩子挽着她弟弟的头儿，两个人的头发和腮颊，一般的浓黑绯红，笑窝儿也一般的深浅。脚步细碎的走着。走得远了，还看得见那女孩子雪白的臂儿，和她弟弟背在颈后的帽子，从白石道上斜刺里穿到树荫中去了。

诗人又坐下，很轻快的写下去，他写了一段笔歌墨舞的《爱的实现》。

晚风里，天色模糊了。诗人卷起纸来，走下廊子，站在墙儿外。沙上还留着余热。石道尽处的树荫中，似乎还隐现着雪白的臂儿和飘扬的帽带。

他天天清早和黄昏，必要看见这两个孩子。他们走到这里，也不停留，只跳着走着的过去。诗人也不叫唤他，只寂默的望着他们，来了，过去了，再低下头去，蕴含着无限的活泼欢欣，去写他的《爱的实现》。

时候将到了，他就不知不觉的倾耳等候那细碎的足音，活泼的笑声。从偶然到了愿望——热烈的愿望。

四五天过去了，他觉得若没有这两个孩子，他的文思便迟滞了，有时竟写不下去。

他们是海潮般的进退。永恒的，按时的，在他们不知不觉之中，指引了这作家的思路。

这篇著作要脱稿了，只剩下末尾的一段收束。

早晨是微阴的天，阳光从云隙里漏将出来。他今天不想写了，只坐在廊下休息。渐渐的天又开了。两个孩子举着伞，从墙外过去。

傍晚忽然黑云堆积起来，风起了。一闪一闪的电光穿透浓云。接着雷声隆隆的在空中鼓荡。海波儿小山般彼此推拥着，白沫几乎侵到阑边来。他便进到屋里去，关上门，捻亮了灯。无聊中打开了稿纸，从头看了看，便坐下，要在今晚完成这篇《爱的实现》。——一刹那顷忽然想起了那两个活泼玲珑的孩子。

他站起来了，皱着眉在屋里走来走去。又扶着椅背站着，"早晨他们是过去了，难道这风雨的晚上，还看得见他们回来么？他们和《爱的实现》有什么……难道终竟写不下去？"他转过去，果决的坐下，伸好了纸，拿起笔来——他只用笔微微的敲着墨盒出神。

窗外的雨声，越发的大了。檐上好似走马一般。雨珠儿繁杂的打着窗上的玻璃，风吹着湿透的树枝儿，带着密叶，横扫廊外的阑干，簌簌乱响。他迟疑着看一看表，时候还没有到，他觉得似乎还有一线的希望。便站起来，披上雨衣，开了门，走将出去。

雨点迎面打来，风脚迎面吹来，门也关不上了。他低下头，便走入风雨里，湿软的泥泞，没过了他的脚面，他一直走去，靠着墙儿站着。从沉黑中望着他们的去路。风是冷的，雨是凉的，然而他心中热烈的愿望，竟能抵抗一切，使他坚凝的立在风雨之下。

一匝的大雨过去了，树儿也稳定了。那电光还不住的在漆黑的天空中，画出光明的符咒，一闪一闪的映得树叶儿上新绿照眼。——忽然听得后面笑声来了，回过头来，电光里，矮矮的一团黑影，转过墙隅来。再看时又隐过去了。他依旧背着风站着。

第二匝大雨来了，海波濛濛，他手足淋得冰冷，不能再等候了，只得绕进墙儿，跳上台阶来，拭干了脸上的水珠儿。——只见自己的门开着，门外张着一把湿透的伞。

往里看时，灯光之下，书桌对面的摇椅上，睡着两个梦里微笑的孩子。女孩儿雪白的左臂，垂在椅外，右臂却作了弟弟的枕头，散拂的发儿，也罩在弟弟的脸上，绫花已经落在椅边。她弟弟斜靠着她的肩，短衣上露出肥白的小腿。在这惊风暴雨的声中，安稳的睡着。屋里一切如故。只是桌上那一卷稿纸，却被风吹得散乱着落在地下。

他迷惘失神里，一声儿不响。脱下了雨衣，擦了擦鞋，蹑着脚走进来。拾起地上的稿纸，卷着握在手里，背着臂儿，凝注着这两个梦里微笑的孩子。

这时他思潮重复奔涌，略不迟疑的回到桌上，捡出最后的那一张纸来，笔不停挥的写下去。

雨声又渐渐的住了，灯影下两个孩子欠伸着醒了过来。满屋的书，一个写字的人，怎么到这里来了？避着雨怎样就睡着了？惺松的星眼对看着怔了一会，慢慢的下了椅子，走出门外。拿起伞来从滴沥的雨声中，并肩走了。

外边却是泥泞黑暗，凉气逼人。——诗人看着他们自来自去，却依旧一声儿不响。只无意识的在已经完成的稿子后面，纵横着写了无数的《爱的实现》。

剧　后

"爱娜下来了！爱娜下来了！"白石阶边集拥的女孩子们的呼声，使楼前廊下无数鹄立的群众，一齐回过头来。一领黑纱的斗篷，轻轻的裹住了她纤小的身躯。惺忪的鬓下，铅华未净的椭圆形的脸上，露着含羞的微笑。她翩然的下了层阶，在众目集射之中，黑压压的车马前后推拥隙里，直穿到树影中小径里去。

明月正从天边云外升起，凉风袭人。她抱着肩儿，在石径上低头走着，自己觉得银履的底声，非常的轻清而急促，上了小坡，月影里到了宿舍堂前，左手握住了斗篷上的扣结，右手轻轻的推开门。暖香扑面！角道里摆列着许多匣子里和篮子里的花，上面系着片子，都是自己的名字。爱娜微微的笑着，俯身逐一略看了看，便匆匆的上得楼来。

层层的楼上，都阒然无声，大家都到剧堂看《罗密欧与朱丽叶》（Romeo and Juliet）去了。也许这时还纷纷在灯明人散的堂前，和来宾朋友们招呼，赞叹着爱娜表演的神妙。

爱娜却乏极了。推门径进自己屋里，匆匆的脱下斗篷，往椅背上一搭。解了衣裳领下的结儿，双腕交叉的在肩上轻轻的往下推着，身上那件淡绿衫子，已飘然的脱落在地上。架上摘下了睡衣，匆匆披上，掩上怀，撩开眉上的头发，一回身便在一张大软椅上，欹侧的卧下。

只觉得一阵一阵的浓香，薰绕着她四周的空气，她微微的睁开眼，瞥见书架上放着一大束光艳夺人的，猩红的玫瑰。她不由的站起身来，伸手取过花儿，看了看花上的片子，便抱在怀里，低头娇慵的轻轻地闻着。

猛抬头，朦胧的灯影之中，对面穿衣镜里，看见了一个白衣仙子！一片玫瑰色的红云，拥着酥胸，樱唇欲动，眼波将流……

骤然间的惊艳，使她不由的挪近前来：这时镜中的那个亭亭倩影，拖着曳地的白丝的睡衣，衣褶里隐约的看出了秀削的身材。白到玲珑的双腕，捧着娇红欲滴的花儿。花叶中间，浓发堆烟般散在肩上。一半烧热，一半胭脂，染出了晕红的双颊。弯弯的画过的眉儿，横入鬓里。小小的欲笑的唇儿，和胸前的花，一般的红润。眼边未曾拭净的微蓝，衬出那一双光辉流动的媚眼。——这影子用着台上微步的极苗条的姿态，向着她姗姗走来。微晕的灯光，笼射在衣上，颊上，臂上，花上；浓淡掩映之间，竟如同一个完美的石像，起来行走！

这影儿她看过不上千百回，而今夜剧后灯下镜中的丰神，竟使她自己也眼花缭乱！她微笑着轻轻的侧身倚着镜子，头也软款地回了过去，直到了唇儿触着了冰冷的玻璃，才惊醒似的，稍微的往后退了一退，半闭着眼，立着不动。

想起刚才在台后化妆室里，妆完揽镜的神情，又是如何的清艳！粉额上堆着松松的云发，勒着一行闪耀的钻珠。如雪的白衣和飘带，在强烈的泻映的灯光之下，竟有无限的玲珑与透剔！风流倜傥的同学霞兰，剧中的罗密欧，忽然也从背后镜中出现，用惊爱赞叹的眼光上下的看着她。看了半晌，深深的右手按在胸前，左手回在身后，含笑的对她行礼，说："爱娜！假如你是真的朱丽叶，我幸而做了罗密欧，我便真的洒血台前，也是三生的福孽！"她虽然不好意思的笑着摇一摇手，心里却知道霞兰说的是由衷的话！

她更能回味到自己刚才在台上的种种变幻的神情和姿态：当她

倚在廊阑上，低低的俯唤着墙下的罗密欧说，"我的恩爱是海样的无边，海样的深；"（My bounty is as boundless as the sea, My love as deep;）那含羞的颤动的音调，和月光中隐约红晕的面庞，何等的使人陶醉！佳期之前一夕，含着万千的委屈与坚定，红绡帐畔，向天举起药瓶，说："罗密欧，我来了！尽此毒杯；为你饮寿。"（Romeo, I come, This do I drink to Thee.）那时又是如何的凄动与激昂！至于最后一幕，坟台四角，银炬高烧，雪浪般的层纱下，盖覆着静卧的修美的身形。闪闪的光焰之中，不知要触动多少的轻怜与微叹！复生后的饮刃，轻躯与霜剑颓然俱倒，坛畔的她的缭乱的神经，和微弱的气息，也随着幕外骤雷似的掌声，久久才静了下去。……

这一切都在她心中旋转——她不禁又微微抬眼望着镜里，就是这眼儿，这唇儿，适才间在这逼照的华灯下，起落万丈的情感潮中，不知震撼颠簸了几多观众！这绝艳，这惊才，这夺人的魔力，上帝竟轻轻的都萃付在这一身么？

她轻盈的紧贴着镜子。一阵阵凝冷的感觉，侵上她的臂腕与腰肢。一晚上的情热和烦乱，使她觉出了沁入心脾的倦慵。她懒懒的揉着眼儿，揉着，揉着，猛然触到了眼边的眶骨——触到了眼边圆圆的眶骨！

忽然一阵轻微觉悟的寒颤，透过了全身！剧后遗留的情潮和心境，使她半真诚半做作的，起了极浓郁极新颖的悲哀！花儿无声的落下，落在她垂地的白衣之旁。她这时似乎看见了年光的黑影，鸷鸟般张开巨翼，蓬蓬的飞来，在她光艳的躯壳上瞰视，回旋。她妩媚的精神丰度，在黑影中渐渐暗淡，她的长眉妙目，在黑影中一团儿冰雪般渐渐的销融。在飘扬的轻裾底下，只立着……只立着一架雪白嶙峋的骸骨！

她心颤，她指尖凉，她颊上的晕红，渐渐消退。她徐徐的抬起双手，掩着眼儿，又徐徐的跪了下去。她幽咽着，她秀削的双肩，在纱衣里翕翕的颤动。……

　　闭目跪了多时,四周沉黑,剧中一切都模糊消散。萧索的神意,浸着心身。她微叹。她又微微的睁开眼。她看见浓红的花束堆在身旁,镜中人仍是跪着,如玉的双手,合在胸前。秀发四披,庄严柔静的双眸,仰望着镜中天上。树影后西斜的月儿,冰轮般停在窗外,映入镜里,正做了她顶上的圆光!……

　　1925 年 11 月 19 日黄昏,娜安辟迦楼。

冬儿姑娘

"是呵，谢谢您，我喜，您也喜，大家同喜！太太，您比在北海养病，我陪着您的时候，气色好多了，脸上也显着丰满！日子过的多么快，一转眼又是一年了。提起我们的冬儿，可是有了主儿了，我们的姑爷在清华园当茶役，这年下就要娶。姑爷岁数也不大，家里也没有什么人。可是您说的'大喜'，我也不为自己享福，看着她有了归着，心里就踏实了，也不枉我吃了十五年的苦。

"说起来真像故事上的话，您知道那年庆王爷出殡，……那是哪一年？……我们冬儿她爸爸在海淀大街上看热闹，这么一会儿的工夫就丢了。那天我们两个人倒是拌过嘴，我还当是他赌气进城去了呢，也没找他。过了一天，两天，三天，还不来，我才慌了，满处价问，满处价打听，也没个影儿。也求过神，问过卜，后来一个算命的，算出说他是往西南方去了，有个女人绊住他，也许过了年会回来的。我稍微放点心，我想，他又不是小孩子，又是本地人，哪能说丢就丢了呢，没想到……如今已是十五年了！

"那时候我们的冬儿才四岁。她是'立冬'那天生的，我们就这么一个孩子。她爸爸本来在内务府当差，什么杂事都能做，糊个棚呀干点什么的，也都有碗饭吃。自从前清一没有了，我们就没了落儿了。我们十几年的夫妻，没红过脸，到了那时实在穷了，才有时急得彼此抱怨几句，谁知道这就把他逼走了呢？

"我抱着冬儿哭了三整夜，我哥哥就来了，说：'你跟我回去，我养活着你。'太太，您知道，我哥哥家那些个孩子，再加上我，还带着冬儿，我嫂子嘴里不说，心里还能喜欢么？我说：'不用了，说不定你妹夫他什么时候也许就回来，冬儿也不小了，我自己想想法子看。'我把他回走了。以后您猜怎么着，您知道圆明园里那些大柱子，台阶儿的大汉白玉，那时都有米铺里雇人来把它砸碎了，掺在米里，好添分量，多卖钱。我那时就天天坐在那漫荒野地里砸石头。一边砸着石头，一边流眼泪。冬天的风一吹，眼泪都冻在脸上。回家去，冬儿自己爬在炕上玩，有时从炕上掉下来，就躺在地下哭。看见我，她哭，我也哭，我那时哪一天不是眼泪拌着饭吃的！

"去年北海不是在'霜降'那天下的雪么？我们冬儿给我送棉袄来了，太太您记得？傻大黑粗的，眼梢有点往上吊着？这孩子可是厉害，从小就是大男孩似的，一直到大也没改。四五岁的时候，就满街上和人抓子儿，押摊，耍钱，输了就打人，骂人，一街上的孩子都怕她！可是有一样，虽然蛮，她还讲理。还有一样，也还孝顺，我说什么，她听什么，我呢，只有她一个，也轻易不说她。

"她常说：'妈，我爸爸撇下咱们娘儿俩走了，你还想他呢？你就靠着我得了。我卖鸡子，卖柿子，卖萝卜，养活着你，咱们娘儿俩厮守着，不比有他的时候还强么？你一天里淌眼抹泪的，当的了什么呀？'真的，她从八九岁就会卖鸡子，上清河贩鸡子去，来回十七八里地，挑着小挑子，跑的比大人还快。她不打价，说多少钱就多少钱，人和她打价，她挑起挑儿就走，头也不回。可是价钱也公道，海淀这街上，谁不是买她的？还有一样，买了别人的，她就不依，就骂。

"不卖鸡子的时候，她就卖柿子，花生。说起来还有可笑的事呢，您知道西苑常驻兵，这些小贩子就怕大兵，卖不到钱还不算，还常挨打受骂的。她就不怕大兵，一早晨就挑着柿子什么的，一直往西苑去，坐在那操场边上，专卖给大兵。一个大钱也没让那些大兵欠过。大兵凶，她更凶，凶的人家反笑了，倒都让着她。等会儿她卖够了，说走就走，人家要买她也不给。那一次不是大兵追上门来了？我在院子里洗衣裳，她前脚进门，后脚就有两个大兵追着，吓得我们一跳，我们一院子里住着的人，都往屋里跑。大兵直笑直嚷着说：'冬儿姑娘，冬儿姑娘，再卖给我们两个柿子。'她回头把挑儿一放，两只手往腰上一叉说：'不卖给你，偏不卖给你，买东西就买东西，谁和你们嘻皮笑脸的！你们趁早给我走！'我吓得直哆嗦！谁知道那两个大兵倒笑着走了。您瞧这孩子的胆！

"那一年她有十二三岁，张宗昌败下来了，他的兵就驻在海淀一带。这张宗昌的兵可穷着呢，一个个要饭的似的，袜子鞋都不全，得着人家儿就拍门进去，翻箱倒柜的，还管是住着就不走了。海淀这一带有点钱的都跑了，大姑娘小媳妇儿的，也都走空了。我是又穷又老，也就没走，我哥哥说：'冬儿倒是往城里躲躲罢。'您猜她说什么，她说：'大舅舅，您别怕，我妈不走，我也不走，他们吃不了我，我还要吃他们呢！'可不是她还吃上大兵么？她跟他们后头走队唱歌的，跟他们混得熟极了，她哪一天不吃着他们那大笼屉里蒸的大窝窝头？

"有一次也闯下祸——那年她是十六岁了，——有几个大兵从西直门往西苑拉草料，她叫人家把草料卸在我们后院里，她答应晚上请人家喝酒。我是一点也不知道，她在那天下午就躲开了。晚上那几个大兵来了，吓得我要死！知道冬儿溜了，他们恨极了，拿着马鞭子在海淀街上找了她三天。后来亏得那一营兵开走了，才算没有事。

"冬儿是躲到她姨儿，我妹妹家去了。我的妹妹家住在蓝旗，有个菜园子，也有几口猪，还开个小杂货铺。那次冬儿回来了，我就说：'姑娘你岁数也不小了，整天价和大兵捣乱，不但我担惊受怕，别人看着也不像一回事，你说是不是？你倒是先住在你姨儿家去，给她帮帮忙，学点粗活，日后自然都有用处……'她倒是不刁难，笑嘻嘻的就走了。

"后来，我妹妹来说：'冬儿倒是真能干，真有力气，浇菜，喂猪，天天一清早上西直门取货，回来还来得及做饭。做事是又快又好，就是有一样，脾气太大！稍微的说她一句，她就要回家。'真的，她在她姨儿家住不上半年就回来过好几次，每次都是我劝着她走的。不过她不在家，我也有想她的时候。那一回我们后院种的几棵老玉米，刚熟，就让人拔去了，我也没追究。冬儿回来知道了，就不答应说：'我不在家，你们就欺负我妈了！谁拔了我的老玉米，快出来认了没事，不然，谁吃了谁嘴上长疔！'她坐在门槛上直直骂了一下午，末后有个街坊老太太出来笑着认了，说：'姑娘别骂了，是我拔的，也是闹着玩。'这时冬儿倒也笑了说：'您吃了就告诉我妈一声，还能不让您吃吗？明人不做暗事，您这样叫我们小孩子瞧着也不好！'一边说着，这才站起来，又往她姨儿家里跑。

"我妹妹没有儿女。我妹夫就会耍钱，不做事。冬儿到他们家，也学会了打牌，白天做活，晚上就打牌，也有一两块钱的输赢。她打牌是许赢不许输，输了就骂。可是她打的还好，输的时候少，不然，我的这点儿亲戚，都让她给骂断了！

"在我妹妹家两年，我就把她叫回来了，那就是去年，我跟您到北海去，叫她回来看家。我不在家，她也不做活，整天里自己做了饭吃了，就把门锁上，出去打牌。我听见了，心里就不痛快。您从北海一回来，我就赶紧回家去，说了她几次，勾起胃口疼来，就躺下了。我妹妹来了，给我请了个瞧香的，来看了一次，她说是因为我那年为冬儿她爸爸许的愿，没有还，神仙就罚我病了。冬儿在旁边听着，一声儿也没言语。谁知道她后脚就跟了香头去，把人家家里神仙牌位一顿都砸了，一边还骂着说：'还什么愿！我爸爸回来了么？就还愿！我砸了他的牌位，他敢罚我病了，我才服！'大家死劝着，她才一边骂着，走了回来。我妹妹和我知道了，又气，又害怕，又不敢去见香头。谁知后来我倒也好了，她也没有什么。真是，'神鬼怕恶人'……

"我哥哥来了，说：'冬儿年纪也不小了，赶紧给她找个婆家罢，"恶事传千里"，她的厉害名儿太出远了，将来没人敢要！'其实我也早留心了，不过总是高不成低不就的。有个公公婆婆的，我又不敢答应，将来总是麻烦，人家哪能像我似的，什么都让着她？那一次有人给提过亲，家里也没有大人，孩子也好，就是时辰不对，说是犯克。那天我合婚去了，她也知道，我去了回来，她正坐在家里等我，看见我就问：'合了没有？'我说：'合了，什么都好，就是那头命硬，说是克丈母娘。'她就说：'那可不能做！'一边说着又拿起钱来，出去打牌去了。我又气，又心疼。这会儿的姑娘都脸大，说话没羞没臊的！

"这次总算停当了，我也是一块石头落了地！

"谢谢您，您又给这许多钱，我先替冬儿谢谢您了！等办过了事，我再带他们来磕头。……您自己也快好好的保养着，刚好别太劳动了，重复了可不是玩的！我走了，您，再见。"

1933 年 11 月 28 日夜。

小桔灯

这是十几年以前的事了。

在一个春节前一天的下午,我到重庆郊外去看一位朋友。她住在那个乡村的乡公所楼上。走上一段阴暗的仄仄的楼梯,进到一间有一张方桌和几张竹凳、墙上装着一架电话的屋子,再进去就是我的朋友的房间,和外间只隔一幅布帘。她不在家,窗前桌上留着一张条子,说是她临时有事出去,叫我等着她。

我在她桌前坐下,随手拿起一张报纸来看,忽然听见外屋板门吱地一声开了,过了一会,又听见有人在挪动那竹凳子。我掀开帘子,看见一个小姑娘,只有八九岁光景,瘦瘦的苍白的脸,冻得发紫的嘴唇,头发很短,穿一身很破旧的衣裤,光脚穿一双草鞋,正在登上竹凳想去摘墙上的听话器,看见我似乎吃了一惊,把手缩了回来。我问她:"你要打电话吗?"她一面爬下竹凳,一面点头说:"我要××医院,找胡大夫,我妈妈刚才吐了许多血!"我问:"你知道××医院的电话号码吗?"她摇了摇头说:"我正想问电话局……"我赶紧从机旁的电话本子里找到医院的号码,就又问她:"找到了大夫,我请他到谁家去呢?"她说:"你只要说王春林家里病了,她就会来的。"

我把电话打通了,她感激地谢了我,回头就走。我拉住她问:"你的家远吗?"她指着窗外说:"就在山窝那棵大黄果树下面,一下子就走到的。"说着就登、登、登地下楼去了。

我又回到里屋去，把报纸前前后后都看完了，又拿起一本《唐诗三百首》来，看了一半，天色越发阴沉了，我的朋友还不回来。我无聊地站了起来，望着窗外浓雾里迷茫的山景，看到那棵黄果树下面的小屋，忽然想去探望那个小姑娘和她生病的妈妈。我下楼在门口买了几个大红桔子，塞在手提袋里，顺着歪斜不平的石板路，走到那小屋的门口。

我轻轻地叩着板门，刚才那个小姑娘出来开了门，抬头看了我，先愣了一下，后来就微笑了，招手叫我进去。这屋子很小很黑，靠墙的板铺上，她的妈妈闭着眼平躺着，大约是睡着了，被头上有斑斑的血痕，她的脸向里侧着，只看见她脸上的乱发，和脑后的一个大髻。门边一个小炭炉，上面放着一个小沙锅，微微地冒着热气。这小姑娘把炉前的小凳子让我坐了，她自己就蹲在我旁边，不住地打量我。我轻轻地问："大夫来过了吗？"她说："来过了，给妈妈打了一针……她现在很好。"她又像安慰我似的说："你放心，大夫明早还要来的。"我问："她吃过东西吗？这锅里是什么？"她笑说："红薯稀饭——我们的年夜饭。"我想起了我带来的桔子，就拿出来放在床边的小矮桌上。她没有作声，只伸手拿过一个最大的桔子来，用小刀削去上面的一段皮，又用两只手把底下的一大半轻轻地揉捏着。

我低声问："你家还有什么人？"她说："现在没有什么人，我爸爸到外面去了……"她没有说下去，只慢慢地从桔皮里掏出一瓢一瓢的桔瓣来，放在她妈妈的枕头边。

炉光的微光，渐渐地暗了下去，外面变黑了。我站起来要走，她拉住我，一面极其敏捷地拿过穿着麻线的大针，把那小桔碗四周相对地穿起来，像一个小筐似的，用一根小竹棍挑着，又从窗台上拿了一段短短的蜡头，放在里面点起来，递给我说："天黑了，路滑，这盏小桔灯照你上山吧！"

我赞赏地接过，谢了她，她送我出到门外，我不知道说什么好，她又像安慰我似的说："不久，我爸爸一定会回来的。那时我妈妈就会好了。"她用小手在面前画一个圆圈，最后按到我的手上："我们大家也都好了！"显然地，这"大家"也包括我在内。

我提着这灵巧的小桔灯，慢慢地在黑暗潮湿的山路上走着。这朦胧的桔红的光，实在照不了多远，但这小姑娘的镇定、勇敢、乐观的精神鼓舞了我，我似乎觉得眼前有无限光明！

我的朋友已经回来了，看见我提着小桔灯，便问我从哪里来。我说："从……从王春林家来。"她惊异地说："王春林，那个木匠，你怎么认得他？去年山下医学院里，有几个学生，被当作共产党抓走了，以后王春林也失踪了，据说他常替那些学生送信……"

当夜，我就离开那山村，再也没有听见那小姑娘和她母亲的消息。

但是从那时起，每逢春节，我就想起那盏小桔灯。十二年过去了，那小姑娘的爸爸一定早回来了。她妈妈也一定好了吧？因为我们"大家"都"好"了！

远来的和尚……

我叫钱清,他叫钱宓,我们是三十多年前在美国认识的。

如今他就坐在我的对面,一身笔挺的藏青色西装,皮鞋擦得锃亮,却戴着一条黄色绣着金龙的缎子领带,似乎显得俗气,这就是钱宓。他也许看着我这一身褪了色的蓝布中山装觉得寒伧呢。

我是四十年代末期在国内一所名牌大学得了生物学的学士学位,又得了美国东部一所名牌大学的奖学金去进修的。因为成绩还不错,得到了系主任威尔逊博士的欣赏,我跟他写了硕士和博士论文。得到博士学位后,他又留我在系里当了他的助手。

也就在这时,我认识了我的妻子艾帼。她是台湾人,可是对于大陆祖国的一切,十分向往。她学的也是生物,和我接触很多,又知道我是从北京来的,总是追着我问关于北京的名胜古迹,说是"要能回去看一看多好!"她还说:她的名字本来叫"帼英",因为热爱祖国,自己把"英"字去掉了,因为"艾帼",叫上去就是"爱国"。那时台湾和大陆还绝对不能来往,我本来就从心里喜欢她,就和她开玩笑说:"除非你和我结婚,我就能把你带回去。"她红着脸打了我胳臂一下,她一向很拘谨,这种表示是她从来没有过的。我就大着胆子,拉着她的手说:"你如和我结婚,回到大陆,就不能回台湾去了。"她还是红着脸,低下头去说:"我台湾家里,上有兄姐,下有弟妹,我的父母是不会太想我的。"就这样,我们在美国结了婚,一年后我们有了一对双胞胎女儿,一个叫"纪中",一个叫

"念华",也是艾帼给她们起的名字。

也就是这时,钱宓从国内来了,他是自费留学的,也想学生物,知道系里有中国老师,便来找我,拉起同胞的关系来,亲热得了不得!但是他的英文程度很差,我就推荐一个急于找工作的女生,帮他补习。这个女生叫琳达(她的母亲是个黑人,她长得却完全是白种人的样子,白皮肤,蓝眼睛,一头浅黄的卷发,因为她从来没有见过父亲,也不知道他的姓名,她便姓了母亲的姓),钱宓和她不久就恋爱上了,钱宓家里大概很有钱,因为我们看见琳达戴上了一只很大的钻石戒指。(他们结婚后,钱宓还花了一大笔钱,把琳达的母亲送到芝加哥她的兄弟处去,因为他怕朋友看见他有个黑人的"丈母娘"。)

钱宓结婚后,两年中间也生了两个女儿,一个叫琳达,一个叫露西,她们常到我们家来玩。我们在家里都说中国话,琳达和露西都听不懂,因为她们的父亲,从来不教她们说中国话,哪怕是简单的一两个字!但是纪中和念华上的都是美国小学,她们可以用英语交谈。

在美国的十几年,匆匆过去了,在威尔逊博士的苦留和祖国母校的敦促下,我还是选择了回国的道路。这时钱宓又来找我,问我能不能在我任教的这所大学里替他找个位置,他笑着说:"我听他们都亲昵地叫你'钱'、'钱'的,也许他们会让我这个姓'钱'的顶了你的缺。"

我腻烦地看了他一眼,说:"你自己去同威尔逊主任说说看。"我们一家就忙着收拾回国了。

这都是许多年前的事了。这二十年来,他回国来了好几次,在蒋介石未死之前,他是回大陆一次,也必到台湾一次,也都说是探亲访友,也想法到各大学去演讲。蒋介石死后,他就不去台湾了,专跑大陆。据我在美国的中国朋友信中说，他自称是国内大学请他回去讲学的。他每次回来总要通过外事部门以美籍华人教授的身分请见政府领导，于是报纸和电视上，也有政府领导接见他的短短报道和镜头……

他对我倒是很殷勤的，这时正问着我们的近况，我说："我还是教我的书，艾帼在生物试验室里当了个副教授。纪中是个北师大的毕业生，现在正教着中学。念华是医科大学毕业了，正在大学的附属医院里实习。"同时我也问他，他笑说："琳达是个地道的美国式的贤妻良母，我的两个女儿都和美国人结了婚，对方都是商业界人士，至于他们做什么买卖，我也没有细问，反正她们都过得不错，因为她们都不必出去工作。"

艾帼把整治好的茶点端了出来，放在茶几上，我们正要开始吃茶，外面的汽车喇叭响了，钱宓赶紧扔下茶巾，站了起来说："对不起，我要去受领导的接见了……你见过这几位领导没有？"

我也笑着站起来，说："我一个普通的教授会有被召见的荣幸？只不过在开政协会议的时候，在台下静听他们的报告……"钱宓也不知听见没有，脚步早已跨出了门外。

我们把他送上了车，艾帼关上了院门，回头撇着嘴对我笑，"这真是远来的和尚好念经！"

1988 年 4 月 28 日晨

落 价

我们家的老阿姨回安徽老家去给儿子娶媳妇的时候,对我说:"宋老师,我这次回去,可能不来了。我总觉着在您家里干活,挺轻松、挺安逸的。我的侄女昨天从乡下来了。她刚念完初中,她妈妈就死了,她爹又娶了后妻,待她很不好,尽叫她下地干农活。我听说了怪心疼的,就托同乡把她带来了,想让她顶我的缺。她什么都会,又有文化,比我强多了。"说着从身后拉过一个二十岁左右、面黄肌瘦、衣衫褴褛的姑娘来,说她叫方玉凤,又催她说:"你快见见宋老师,她就是你的东家!"小方腼腆地向我鞠了一个深深的躬。

那时我还没有退休,我女儿小真大学刚毕业,也在中学里教书。家中里里外外的事也不少,有小方来帮忙,我很高兴。

小方虽然瘦弱,却很利落麻利,来了不到一个月,我们就都十分喜欢她。她也因为久已没有家庭的温暖,在我们这个简单的小家庭里,似乎又得到了和睦融洽的"家"的滋味。小真总把自己穿过的衣服,一年四季给小方换上。她俩就像姐妹一样地亲热。每天晚上小真还教她英语、数学等,鼓励她去考中专。

两年过去了,忽然有一天,小方很难为情地来对我说:有个同乡介绍她到一家面铺当售货员,每月工资有一百九十元,奖金在外。她几乎流着眼泪说:"我真是舍不得离开你们,可是我若想上学,不攒一点学费不行……"这时我已经退休了,足可以料理家务了,因此我和小真都连忙说:"这个我们了解而且也替你高兴,你去吧,有空常来走走。"

小方真地像回家一样,每个星期天都来。本来在我们家两年,她已经丰满光鲜得多了,这时再穿上颜色鲜艳的连衣裙,更是十分漂亮,我们都笑说几乎认不得她了。

她每次来,都带着果品,尤其常送些新鲜的南豆腐,她说:"从书上看到老人骨节疏松,最好吃些带'钙'的东西,除了牛奶、鸡蛋之外,最好的是豆制品了。你们上街买菜时,不容易碰得到好豆腐。"当我们辞谢她时,她还对小真挤眼,笑说:"我的工资比你们都高,这点东西算不了什么。"我们也只好由她。

有一天,她拿来了一架小长方形的白色蓝面的收音机,放在我的书桌上,说:"这收音机才十八块钱,不到我工资的十分之一,你们早晨起来听'新闻和报纸摘要'不比订那些报纸强么?从前我每次到邮局去替您订这个报、那个报的,我都觉得很浪费!其实那些报纸上头登的都是一样的话!"我一边赏玩着那架小巧的收音机,一边笑说:报纸上也不尽是新闻,还有许多别的栏目呢。而且几份报纸看过了,整理起来,也是一大摞,可以卖给收买破烂的,不也可以收回一点钱?"

小方打断了我,说:"您不知道,'破烂'才不值钱呢!现在人人都在说,一切东西都在天天涨价,只有两样东西落价,一样是'破烂',一样是知识……"小方忽然不往下说了。

我的心猛然往下一沉,心说:和破烂一样,我们是落价了,这我早就知道!

1988 年 5 月 11 日晨